IMAGINARIA

Kristopher Rodas

ÍNDICE

IMAGINARIA

"No contento con los sufrimientos reales, el ansioso se impone los imaginarios".

Emile Cioran

"No sintió ninguna euforia cuando concibió el plan de dominar a los hombres. No brillaba ninguna chispa de locura en sus ojos ni desfigu-raba su rostro ninguna mueca de demencia. No estaba loco. Su estado de ánimo era tan claro y alegre que se preguntó por qué lo quería. Y se dijo que lo quería porque era absolutamente malvado. Y sonrió al pensarlo, muy contento. Parecía muy inocente, como cualquier hombre feliz".

Patrick Süskind

"Y aun, siendo como soy de incompleto e imperfecto, aun así, quizá tengas todavía mucho que ganar de mí. Viniste a mí para aprender el placer de la vida y el placer del arte. Acaso se me haya escogido para enseñarte algo que es mucho más maravilloso, el significado del dolor y su belleza".

Oscar Wilde

PRÓLOGO: IMAGINACIÓN

1

Parecía que en cualquier momento comenzaría a llover.

Hacía una brisa extraña, inconstante y blanda; un tenue soplo susurrante se mecía entre el crepúsculo y el silencio, como pocas veces en La Tierra de Dios.

Los jovenes estaban jugando a rebotar piedras desde la orilla del río de aguas negras. Fue todo un reto que alguno hiciese al menos dos rebotes porque la corriente estaba recia y agitada.

Se dice por ahí que las aguas del río eran negras incluso antes de que los niños, sus padres y abuelos, nacieran. Antes de que hubiese un puente sobre el río, cuando todo eso era monte y árboles y sus ancestros corrían vestidos con flores y plumas.

El Tigre (le decían así porque se enojaba rápido) le dijo al Negro (le decían así por su piel oscura) que era hora de irse, pronto comenzaría a llover y lo mejor sería que se refugiaran en su casa para jugar con su PlayStation.

El Negro le comunicó el mensaje del Tigre al Canche (le decían así porque era el más blanco), el Canche le dijo al Chino (le decían así porque sus padres tenían una tienda) que le contara el plan a Emanuel (el único sin apodo).

Los jovenes se pasaron el mensaje en secreto para evitar que Morrison (le decían así porque era la manera más suave que tenían para decirle Morro, el cual es un sustantivo y adjetivo de carácter peyorativo que se utiliza como sinónimo de maricón en su ciudad) los escuchase.

Morrison era raro. Nadie podía explicar por qué, pero era raro. Había algo raro en sus ojos, en su voz, en sus ideas. Algo diferente, pero nadie tenía idea de qué exactamente. Era un joven con brazos delgados y un poco gordo; con cejas pobladas y mirada triste. Era el menor de todos y no por eso le tenían compasión, cuando a alguno se le ocurría una nueva broma, la probaban primero con Morrison, para ver si hacía o no gracia, como la vez que jugaron escondite en el parque, todos se fueron a sus casas y Morrison los estuvo buscando durante cuatro horas. Hizo mucha gracia y replicaron la broma entre todos, sin incluir a Morrison, por supuesto, este era el único que se escondía mientras los otros se iban y lo dejaban con el otro apestado. Morrison era la mascota y lo aceptaban en el grupo solo para reírse de él o para mandarlo a comprar golosinas a la tienda.

Morrison estaba en la orilla del río, contemplando la espesura de las aguas negras. Tenía los brazos tensos y la respiración entrecortada. Pero tambien sentía una extraña fascinación. Le gustaba el movimiento del agua, le hacía recordar sus íntimos deseos. Era como ver su propio reflejo. Sin figuras ni formas. Solo oscuridad.

Emanuel observaba a Morrison mientras pensamientos fugaces transitaban por sus pasadizos mentales, tocando las puertas de todos los departamentos, esperando que Emanuel abriese alguna y le diera tregua a su imaginación. Intentó desechar esas ideas por miedo, pero rápido entendió que aquello era algo que venía rondando dentro de él desde hacía mucho tiempo, quizá desde que conoció a Morrison. Sintió una punzada de culpa, pero se absolvió al instante porque sabía que todos sentían lo mismo por Morrison. Sí. Todos tenían aquella idea, pero nadie tenía el valor para hacerlo realidad. Morrison era un monstruo, arruinaba todos los momentos con sus estupideces.

El Tigre le hizo una señal a Emanuel para que se fueran. Emanuel hizo un gesto indicando que después los alcanzaría.

Porque antes tenía que salvar a la banda.

A Emanuel lo escoció la rabia por dentro, ¿por qué tenía que hacerlo él?, ¿no podía simplemente ocurrir?, ¿no podía Dios intervenir y llevarse a su criatura defectuosa?

Emanuel escuchó un trueno e inclinó su mirada hacia el cielo para comprobar que aquel estallido no provenía desde su mente alterada. La lluvia se avecinaba.

Emanuel dudó. Quizá lo mejor era dejar que Morrison se degenerara solo hasta morir.

Pero el viento gritó un lamento...

Si no hacía nada, aquella idea lo perseguiría hasta desgarrarlo por dentro. Se llevó las manos a la cara y jadeó. Estaba luchando contra sí mismo, contra la idea del mal. Y, al final, su alma se agrietó por completo.

Comenzó a lloviznar. Emanuel apretó sus puños hasta que se le marcaron las venas en sus brazos.

Morrison estiró sus brazos como si fuese a abrazar a la lluvia.

Emanuel apretó sus dientes hasta que le sangraron las encías.

Emanuel se acercó lentamente hacia Morrison. Su rostro parecía una sombra.

Emanuel empujó a Morrison.

Los nervios de Morrison transitaron la cumbre más alta de su consciencia. Sus brazos inútilmente intentaban salir a flote. Su mirada se perdía en la amplitud de las tinieblas.

Morrison intentó gritar, pero solo se atragantó de aguas negras.

Su existencia se encontró con un enorme vacío.

Un vacío que siempre había estado para él, pero que ignoró hasta ese momento.

Siempre había estado solo, como en aquellas aguas, sumergido en la oscuridad.

La corriente lo arremetió por completo. Ya no podía sacar la cabeza.

Morrison se hundía mientras llamaba a Dios.

Pero nadie contestó.

"¿Soy un monstruo?", se preguntó.

El niño cerró sus ojos y se entregó por completo a su imaginación.

PRIMERA PARTE: ALMA

2

Sus parpados temblaron ante la llovizna.

Finalmente, el niño abrió los ojos.

Estábamos en un sitio que ambos desconocíamos, por suerte, en ese momento no había nadie. Era una especie de callejón que daba al río, las paredes estaban grafitadas y el suelo era de cemento desquebrajado.

Kris escupió el agua que había tragado, le di su espacio.

La lluvia lo limpió un poco, aun así, se quitó la camiseta (que era blanca, pero por el chapuzón en el río pasó a tener un tono grisáceo) y la exprimió.

—¿Usted me sacó del río? —me preguntó, avergonzado.

—Sip —respondí al tiempo que le toqué la nariz con mi índice. Él se sobresaltó y eso me produjo ternura.

—¿Y cómo es que una niña se metió en aguas negras? —inquirió mientras sacudía su camiseta.

—No soy como las demás —dije al tiempo que me encogí de hombros.

—¿Y por qué no estás sucia cómo yo? —él frunció el ceño mientras se ponía su camiseta mojada.

—Bueno... esa es solo una de las cosas increíbles que sé hacer. Yo no me ensucio.

—¿Cómo qué no?

—¡Sí! También sé hacer otras cosas. Mira esto —saqué la lengua y me toqué la punta de la nariz con ella.

Kris intentó imitarme, pero no pudo.

—Guau... sí que es difícil.

—Eso creo. Pero no es nada a comparación de otras cosas que sé hacer.

—¿Cómo cuáles? —a Kris le brillaban los ojos como si fuesen faros.

—Hum... —crucé los brazos y me di la vuelta. Lo vi sobre el hombro y agregué—: Tendrías que descubrirlo con el tiempo. Y para eso tendríamos que volvernos amigos.

—Oh... —Kris, pensativo y cabizbajo, se llevó las manos

hacia la espalda–, nunca he conocido una niña que quiera ser mi amiga.

–¿Alguna vez se lo has pedido a una?

–No. No sabía que los amigos debían pedirlo. No lo veía de esa manera –levantó el rostro y su resplandeciente mirada denotaba que había descubierto un gran secreto.

–Bueno. Tienes una aquí mismo. Puedes intentarlo, si quieres. No tienes nada que perder.

–Es cierto –Kris esbozó una sonrisa llena de ternura–. ¿Le gustaría ser mi amiga?

–¡Sí!

–¿En serio? –el niño hizo una mueca extraña con los labios.

–Sip.

–Muy bien. Yo me llamo Kris. Pero se escribe con "K", no con "C", y no me pregunte por qué. ¿Y usted?

–No me trates de usted –dije mientras le daba la espalda con los brazos cruzados, otra vez.

–Bueno.

–Me llamo Alma.

–Es un bonito nombre –Kris sonrió mostrando un poco los dientes.

–Sí... y la verdad ya sabía cómo te llamabas –vi al niño con cierta vileza y percibí su creciente curiosidad.

–¿Cómo? Yo nunca te había visto antes.

–Yo a ti sí. Te conozco desde hace mucho... el detalle es que no sabía cómo acercarme, pero cuando te vi en el agua, supe que era el momento indicado.

–Oh... –no pareció sorprenderle lo que le dije, quizá no me creyó. O simplemente no le importó.

La lluvia acrecentó.

–Tengo que irme a mi casa, si no me va a dar gripe –Kris puso sus manos sobre su cabeza para cubrirse de la lluvia.

–Iré contigo.

–No sé si esa sea una buena idea.

17

–Sip. Y viviré contigo desde ahora.

–Eso sí es una mala idea. A mi papá no le gustará eso. A él... a él no le gustan las cosas diferentes. Oh, todo tiene que ser como él dice... no sé cómo explicarlo, no quiero molestarlo.

–Nah. No dirá nada –sostuve.

–¿Y qué dirán tus padres?

–No tengo –me encogí de hombros e hice un puchero triste con los labios.

–Cómo no vas a tener padres, no digás tonteras.

–Es la verdad. Nunca te mentiría, Kris. Créeme, por favor –lo tomé de las manos y lo vi con fijeza a través de la lluvia.

–Hum... –murmuró, pensativo.

–Nadie te dirá nada. Ni siquiera podrán verme. Solo tú puedes verme.

3

Han pasado dos meses desde que comencé a vivir con Kris. El inicio fue muy divertido. Él creía que tenía que ocultarme. Cuando su padre tocaba la puerta para entrar a su habitación, él me cubría con lo que tuviera a la mano (una sábana, almohada o una de sus camisas). Mientras hablaba con su padre se ponía muy nervioso, seguro que sí él hubiese examinado el bulto que estaba al lado de su hijo, Kris se habría echado a llorar.

Porque pensaría que lo obligaría a echarme.

Y eso le dolería muchísimo.

Aunque él fingiría que no, por supuesto, es muy bueno haciendo eso.

Es como si le tuviese miedo a aceptar lo que siente.

Es curioso, nunca he visto a su madre, pero él me ha hablado sobre ella, dice que es muy linda y que su voz es dulce, sus manos son suaves y su mirada, tierna.

Cuando el niño está ocupado o simplemente quiere su

espacio, me voy a dar vueltas por la casa. En una de esas me topé con el estudio de su madre. Kris me dijo que ella es una gran escritora. Quisiera entrar y verla escribir o escucharla leer cualquier cosa. Pero Kris me lo prohibió. Creo que tiene miedo de que ella pueda verme, se encariñe conmigo y lo den en adopción.

Kris me ha dicho muchas veces que me parezco a su madre, piensa que hay algo en mi cabello, o en mis labios, o en mis ojos, o, mejor dicho, en todo mi rostro, que coincide hasta cierto punto con el de su madre. Pero le he dicho que es simple casualidad. El mundo está lleno de casualidades.

Su padre es otra historia. Aunque pudiera verme, seguro me ignoraría porque es completamente ausente, también parece que absolutamente nada le importa. Las pocas horas que pasa en casa si no está leyendo el diario, está discutiendo por teléfono. En las llamadas lo he escuchado afirmando con euforia, que "se está cometiendo una injusticia contra él". Para Kris es normal estar haciendo cualquier cosa y escuchar sus gritos.

Su padre en definitiva es una persona rara. En ocasiones le entra por charlar con su hijo sobre temas que no tienen sentido. Le habla sobre mujeres, cómo debería actuar para tener muchas e incluso le ha propuesto llevarlo a un lugar en donde pueda platicar a solas con una. Una vez el niño le respondió que había conocido a una chica (refiriéndose a mí, pero sin mencionar el detalle que solo él puede verme) y que no era verdad eso de que tenía que cambiar su actitud para agradarles. Le dijo que su amiga lo quería y aceptaba tal cual es. Cuando lo escuché casi se me saltan las lágrimas, ¡fue tan tierno! Su padre vaciló en voz baja y se fue mientras movía la cabeza de un lado a otro, como diciendo "este niño no sabe nada", ¡ja, si supiera!, ¡ese niño sabe mucho más de cómo tratar a una chica sin ser un bestia!

Hay algo más.

O, bueno, alguien.

Kris me habló en una noche en la que no podía dormir (cosa habitual en él) sobre su hermano. No dijo gran cosa, salvo que desapareció hace mucho, muchísimo tiempo. Nadie tiene idea de en dónde podría estar, nadie sabe absolutamente nada. Fue como si se lo tragara la tierra o se lo llevara el viento y, con el paso de los días, todos lo olvidaron.

Todos menos Kris.

Y a él le duele, aunque no quiera decírmelo.

4

Ser yo tiene sus ventajas y desventajas.

Primera ventaja: nadie puede verme (con excepción de Kris, por supuesto). Puedo pasar entre las personas sin que noten mi presencia, puedo escuchar conversaciones íntimas y puedo hacer cualquier cosa frente a cualquier persona sin sentir pena alguna porque sé que no me están viendo.

Y eso me lleva a la primera desventaja: nadie puede verme. Cuando Kris no está y tengo vía libre para hacer lo que quiera, me voy al parque porque sé que las hijas de las comerciantes se reúnen cerca de los negocios de sus madres, y se entretienen con toda clase juegos divertidísimos. Me siento junto a ellas y me dejo llevar, me río de sus gracias y agrego mis comentarios sobre, por ejemplo, lo bien que le quedan las coletas a Estefany o lo hermosas que son las sandalias de Martita. Y es cuando caigo en la cuenta de que a mí nadie me escucha. Cuando los viejos se sientan en las bancas para pasar el rato o darles de comer a las palomas, me incorporo a un lado y les cuento como estuvo mi día, les hablo sobre las cosas que hago con el niño, por ejemplo, el otro día que no había nadie en casa y cortaron la energía eléctrica, estábamos super aburridos, pero él tuvo la increíble idea de jugar a las escondidas y nos la pasamos bomba. Las ventanas daban luz suficiente para que caminásemos sin tropezarnos, aun así, había rincones oscuros y eso le daba un toque misterioso a la hora de ir a esconderse o ir en la cacería para encontrarnos. Y siento que el silencio de los viejos es porque me prestan atención y por un momento me siento atendida. Pero se levantan y se van, dejando a medias el relato de las aventuras que vivo con mi mejor amigo.

Y eso me lleva a la segunda ventaja: Kris puede verme. Y sí, me he pasado un poco de dramática, porque realmente no necesito a nadie más si él está conmigo. Él me pone muchísima atención y juega conmigo.

La tercera ventaja es que somos un equipo sin igual: por las noches nos metemos bajo las sábanas y, sobre la luz de una linterna, contamos historias. Yo le hablo sobre mi mundo, Imaginaria, y sobre mis amigos que viven ahí. Uno de mis mejores amigos es el príncipe Acacio de Comadía, bueno, no era del todo un príncipe, ya que renunció a la realeza para viajar por el mundo y luchar contra la oscuridad. Imaginaria desde hace tiempo fue invadida por un sombrío señor: Lo llaman el Señor Oscuro… poco se sabe sobre él. Muchos aseguran que, como tal, no es un ser, sino, una manifestación, como una voz perdida en la memoria, un puente que nos conecta con todo lo malo que está dentro de todos nosotros, como una piedra que se mete entre los engranajes de nuestra mente, afectando su mecanismo. El ruido de una voz que deja huellas de dolor en nuestro espíritu. Sea lo que sea, por su culpa tuve que huir de Imaginaria y alojarme en el mundo de Kris.

A veces me pregunto si el niño y yo seguiremos juntos cuando él crezca. Yo aparento unos cuantos años más que él, soy, digamos, como su hermana mayor. Siempre uso la misma minifalda morada con tirantes negros y una camisa blanca con rayas y puntos. Y un par de zapatillas negras. Mi cabello es suave como una cascada que cae en un lago, y el de Kris es una selva de monos, si meto mis dedos entre sus rizos seguro tendré problemas para zafarme.

La cuarta ventaja es que soy útil: le ayudo con sus tareas, especialmente con las matemáticas, soy muy buena con los números, a pesar de que en mi tierra no tenemos escuelas como las del mundo del niño.

Pensar en las cosas de mi mundo me hace consciente de todo lo que nunca tuve.

La segunda desventaja es que no tengo padres: si los tuviera sería una buena hija. Y si fuera madre, sería una muy buena, no me cabe duda porque soy una buena hermana mayor.

Sin embargo.

Mi forma de ver la vida es distinta, mis vivencias valen oro y creo que no cambiaría mi vida por una como la de Kris. Su mundo es algo que todavía no comprendo. Veo en la gente sonrisas montadas en gestos frívolos, escucho ecos de llantos entre las líneas de sus palabras, veo desanimo y voluntades muertas por todas partes, es como si este mundo fuera un cementerio de proporciones infinitas.

Eso me lleva a la quinta ventaja: los problemas de este mundo no tienen nada que ver conmigo. Soy como el viento o el sonido, soy como el reflejo de la luna, mi vida vale lo mismo que un suspiro.

La tercera desventaja es que Kris sí forma parte de este mundo tan doloroso.

La cuarta desventaja es que no puedo hacer nada para evitarlo.

La quinta desventaja es que me duele no poder salvarlo.

5

El niño y yo tenemos algunas reglas.

Primera regla: no charlar cuando alguien está cerca. Esto porque ya nos hemos metido en problemas en casa. El niño trató de explicarle a su padre sobre mi existencia, el padre se inquietó de una manera excesiva, al punto de derrumbarse y echarse a llorar desconsoladamente (es raro ver de esa manera a un hombre como aquel). Cuando el niño se lo estaba contando le dije que se detuviera, se lo grité: ¡Detente, niño, él no tiene que saberlo, nadie tiene que saberlo! Pero no me hizo caso. Y esa no fue la única consecuencia. Su padre llamó a un predicador para que hablara con Kris. Él pensaba que yo era una especie de demonio maligno (como si no fuera por mí que sus calificaciones ahora son decentes).

El clerigo amablemente acordó un par de sesiones en las que habló largo y tendido con el niño sobre la biblia, los milagros de Dios y los seres malvados que rondan por el mundo en busca de niños buenos que corromper.

El niño se mantuvo fiel. Fingió aceptar los términos del clerigo, pero nunca dejó de creer en mí, su Alma.

La segunda regla: no puedo acompañarlo a todos lados: no puedo estar con él cuando se reúne con sus "amigos" ni puedo ir a la escuela (cabe a resaltar que esta regla me la he pasado por... y la he roto un par de veces).

Cuando regresa de la escuela o de algún encuentro con sus "amigos" se mete en su cama, enrolla sus sabanas en todo su cuerpo y se queda así mínimo una hora. Siempre trato de aliviarlo. Acaricio la sabana por encima mientras susurro: "todo estará bien, Kris".

Sé que a él no le gusta que vea como se lleva con sus compañeros y "amigos". Lo tratan muy mal y le han puesto apodos que no me atrevería a mencionar porque sé que le hieren.

La tercera regla: no hacer preguntar hirientes, y con hirientes me refiero a preguntas sobre su madre y hermano. No habla mucho sobre ellos por razones que no puedo comprender porque no debo preguntar.

La cuarta regla: no nos podemos decir mentiras.

La quinta regla: reír todos los días. Esta es muy sencilla porque Kris ama reírse y resulta que yo soy muy graciosa. ¿Alguna vez han escuchado el chiste del niño hormiga y el joven tarántula? ¡Morirían de risa!

6

Era un domingo de febrero en el que el cielo estaba nublado. Las veredas estaban cubiertas por hermosas hojas muertas y el viento arrastraba olas de aromas, que iban desde elote asado hasta caramelo dulcísimo. Señores paseaban a sus perros, quinceañeros arrastraban carretas de granizadas para vender, niños intentaban despegar sus barriletes, señoras reían y al mismo tiempo aplaudían ruidosamente mientras compartían sus chismes.

El niño me dijo que se reuniría en el parque con sus "amigos", le dije que lo acompañaría a lo que se negó rotundamente, pero insistí hasta que aceptó que lo encaminara. Ya que llegamos me pidió amablemente que me regresara a casa.

Y le dije que lo haría.

Pero no lo hice.

Porque quería ver, quería saber, quería entender porque el niño se junta con jovenes que lo tratan tan mal. El niño cruzó la vereda mientras yo me escondí entre los frondosos árboles. Me topé con una niña en un arbusto, seguramente estaba jugando a las escondidas con sus amigas y sí que era buen escondite. Podía ver al grupo de jovenes que jugaban al lado de la biblioteca mientras Kris se les acercaba. La niña a mi lado abrazaba sus piernas. El aroma de su cabello era más fuerte que el de las flores, pensé fugazmente que, si algún día la encontraban, sería por el olor de su pelo. Le susurré: "hueles bien", aunque sabía que no podía escucharme. Sonreí. Ella también sonrió. Me pregunté cuál sería el nombre de tan encantadora niña.

—Ya llegó Morrison… —anunció David con un gesto lánguido.

El niño lo saludó al tiempo que estiró su puño. Pero David no respondió con su puño, torció los ojos y frunció los labios.

Emanuel se puso tenso al reparar en la presencia del niño. Su instinto le hablaba con claridad, él no sabía si el niño era consciente de lo que había hecho. Y de ser así, podría meterlo en un gran problema.

Nunca he querido tocar el tema con el niño porque me atemoriza su reacción. Y porque me duele profundamente que un niño sea tan cruel como para hacerle eso a otro. ¡Son solo niños, por Dios! Deberían estar felices, gozar de su juventud, divertirse hasta reventar porque en un par de años estarán pudriéndose en una oficina, o en cualquier parte en la que drenen todo lo que los hace jóvenes y hermosos.

Denilson se estaba pasando una pelota con Alejandro, pero se detuvo y abrazó su pelota con recelo como si alguien quisiese robársela. El niño lo saludó de lejos y Denilson volteó la mirada hacia otro lado. ¡Qué es esto! ¿por qué se comportan así? ¡nada ha hecho el niño para merecerlo!

Pedro recogió un puñado de hojas secas y se las lanzó al niño. Rio escandalosamente.

—¿Ya fuiste a ver si ya puso huevos la puerca, Morrison? —preguntó Pedro.

El niño lo vio con una sonrisa dibujada en el rostro. Una sonrisa genuina, porque no parecía ser consciente de que se estuviesen burlando de él, no había rastro de dolor, no había nada más que… no. Eso no tiene nombre. Lo he visto llorar, sí, me consta que cosas como esta le duelen porque regresa a casa y se derrumba, pero frente a ellos intenta esquivar las expresiones de su debilidad, y a pesar de que sucumbe, sucumbe como lo haría cualquiera ante el dolor, trata de ignorar sus propios sentimientos, es como si minimizara sus emociones, como si las minimizara hasta hacerlas invisibles para sus propios ojos. Y es como si todo estuviera bien. En su cabeza todo está bien porque intenta hacer del dolor algo ajeno a él. Y cuando el dolor toca las puertas de sus lágrimas, lo mira con extrañeza, como si no lo conociera.

—Vámonos —ordenó Emanuel con seriedad.

La niña con la que me escondía en el arbusto se tapó la boca porque no aguantaba la risa. Se reía del niño, de la humillación. Su respiración agitó las hojas del arbusto y la chica que la estaba buscando se percató y metió las manos entre las hojas y exclamó: "¡Te encontré!".

El grupo de Emanuel se esfumó. Y solo quedó el niño con su sonrisa. Se sentó al lado de unas flores. Comenzó a lloviznar y eso hizo que las personas se fueran hacia los kioscos para cubrirse. Salí del escondite y caminé hacia él con los brazos cruzados.

—¡No deberías juntarte con esos estúpidos! —¡Estaba muy enojada!

—Qué dices… son mis ami…

—¡No es cierto! —me senté a un lado de él—. Tienes que dejar de llamarlos amigos, no lo son.

—Sí lo son —el niño bajo la mirada y agregó con un tono lívido—: Solo han cambiado un poco.

—Me tienes a mí y no necesitas a nadie más, Kris —me recosté en su hombro—. Lo sabes ¿verdad?

—No todo es como lo viste ahora —Kris levantó la cabeza.

—Tienes que alejarte de ellos.

—¿Por qué? —inquirió con extrañeza, como si ignorara completamente lo mal que estaba aquello.

Y quise decirle…

Que terminarían matándolo porque en realidad lo odiaban.

E incluso ya lo habían intentado. Emanuel, al menos, y los demás no tardarían en tener la misma iniciativa. Y peor aún, en ponerse de acuerdo para hacerlo.

La idea aleteaba en mi mente como alas de cuervos entre nubes oscuras.

—Porque no son buenos para ti...

—Deja que te explique. David antes vivía al lado de mi casa, éramos grandes amigos, incluso aprendimos a manejar bici juntos. A Denilson lo conozco desde párvulos, su mamá y la mía son amigas. El papá de Alejandro trabaja con el mío, nuestras familias tenían la costumbre de celebrar nuestros cumpleaños juntos porque cumplimos el mismo día. La mamá de Pedro antes trabajaba haciendo el quehacer en mi casa, a veces lo traía a él y jugábamos mientras ella orneaba galletas para nosotros. Y Emanuel... —Kris suspiró hondamente—, era mi mejor amigo.

Me quedé sin palabras por un momento. Fue como si el niño hubiera metido su mano en mi pecho y hubiese apretujado mi corazón con todas sus fuerzas. Mi garganta estaba seca y hormigueante. Un tic horrible se apoderó de mis gestos, no paraba de parpadear como una loca. ¿Era verdad eso? Es difícil imaginarse a esos vándalos portándose bien y es que tal como pintaban las cosas, en el horizonte entre la infancia y adolescencia, había algo que hacía a los jóvenes personas crueles. Algo los perturbaba, los cambiaba. Algo malo que no le daba tregua a nadie, —¡Ni siquiera a las niñas con floridos cabellos y linda sonrisa!—. Y parecía que solo el niño conservaba la inocencia, o pensándolo mejor, se aferraba. Kris vivía recordando lo que me relataba, pensando que, de alguna manera, en el fondo, ellos eran los mismos.

—¿Y qué pasó? —pregunté. La duda me comía la cabeza.

—David se mudó a otro barrio y comenzó a juntarse con jovenes mayores, y ahora de vez en cuando se le ve por aquí, con los de su edad. Denilson un día dejó de ir a la escuela y su madre nunca más visitó a la mía. Al papá de Alejandro lo despidieron del trabajo y ahora se lleva mal con el mío. El padre de Pedro abrió una tienda en su barrio y ahora su madre trabaja en ese lugar, ya no se dedica al quehacer en casas ajenas. Y Emanuel... no sé. Un día se alejó de mí.

La lluvia acrecentó.

—Sé que están enojados, pero algún día se les pasará. Al fin y al cabo, somos amigos. Esas cosas no pueden romperse de la noche a la mañana, ¿no crees?

No supe qué responder, así que me quedé un rato viéndolo bajo la lluvia. Una lluvia recia, mi rostro tenue, su mirada de cristal y un mar de emociones encadenadas a un pasado que todos habían abandonado, menos Kris. Él era el único habitante en la ciudad del recuerdo y vagaba por calles lluviosas a través de la neblina en busca de alguien que lo entienda. Y me encontró a mí, su Alma.

—¿Crees que soy tonto? —me preguntó con un tono sensible. O así lo percibí por la lluvia que caía bajo su mirada, dando la imagen de una corrientes de lágrimas.

—No... —tuve toda la intención del mundo de llorar, abrazarlo y llorar, llorar lo que a él le falta llorar, llorar sin parar, llorar hasta quedarme seca, hasta desaparecer en un mar de dolor, llorar hasta que él lo hiciera junto a mí—. Por supuesto que no.

Y una idea vino a mi mente como las flores que nacen en el verano. El niño no dejaría de insistir en que esos niños eran sus amigos y ellos no dejarían de tratarlo mal. Así que, si quería salvar al niño, solo existía una posibilidad.

—Voy a ayudarte, Kris —sonreí y él lo hizo también.

—¿Ayudarme a qué? —preguntó, crédulo a mi referencia.

—Voy a salvarte. Voy a salvar a tus amigos —me puse de pie dejándome llevar por la emoción y estiré mi puño izquierdo hacia el cielo—. ¡Voy a salvarlos a todos!

El niño rio desconcertado.

—¿En qué peligro se encuentran ellos? —preguntó un poco más serio después de analizar mis palabras.

¡Ah, qué niño, siempre preocupándose por los demás antes que en sí mismo!

—¡Sí! —exclamé al tiempo que toqué su nariz con mi dedo índice—. Son un peligro para sí mismos.

(Y para ti, dulce niño).

—¿Y qué piensas hacer si solo yo puedo verte?

—Ah... ¿Dudas de tu Alma?

—No dije eso.

—Bueno. Entonces cállate. Cállate y déjamelo todo a mí —giré en redondo y me dispuse a irme—. Kris, no me esperes en casa despierto. Esta noche tengo una misión importante.

La lluvia diluyó.

—Estás loca —el niño se llevó las manos a la cara y ahogo una risa cómplice. Sentí su confianza y eso me confortó.

7

Son niños. Solo son niños. No son como Goliat que para vencerlo habría que usar una roca y tener buen pulso. No, a estos monstruos hay que darles una galleta y acariciarles la cabeza como si fueran gatitos.

Denilson.

Él iba en la escuela con el niño, y un día sin aviso ni compromiso, desapareció. Lo seguí hasta su casa, quedaba a pocas calles del parque. Denilson llevaba una camiseta blanca y una pantaloneta de un azul palidecido. Estaba remendada de muchas partes, si yo pudiera tocarlo, ¡jalaría los hilos y lo dejaría desnudo!

—Eres muy feo —le dije con una sonrisa mientras caminaba en pos de él.

—Y no eres tan alto —insistí y su silencio me molestó.

—¡Y estás flacucho! —le grité al oído.

—¿Tu madre no te ha dicho que te pares recto? ¡caminas como un viejo! ¡eres un niño viejo!

Denilson tenía una cara extraña, bueno, más extraña de lo que originalmente es. Era como si estuviera tratando de decir algo. Eso. Estaba pensando en algo que lo hacía esbozar sonrisas y suspirar como un enamorado. Ah... sí, conozco esa reacción, así se pone el niño cuando espera algo de alguien, cuando tiene una expectativa positiva, como cuando quiere que su padre le dé una vuelta en su carro, aunque sea una vueltecita a la manzana, ah, en este caso sus deseos casi siempre se ven frustrados, su padre siempre está cansado. Cansado para el mundo y para sí mismo. En fin. Denilson. ¡Qué nombre tan feo!, le grité en el oído otra vez. Ya sé, ya sé, estoy siendo cruel, pero es porque no me escucha, si pudiera oírme le diría... ¡Que es feo y me iría corriendo! Y no me atraparía, nadie nunca me atrapa.

Denilson se detuvo frente a una entrada de alambres y tubos oxidados. Era horrible (como su cara), la cruzó y se metió en el patio, y, Dios que patio, pura tierra, ninguna flor. Su casa era gris, de puro block, ya que no tenía ni una sola gota de pintura. Las ventanas estaban cerradas y nada podía verse a través de ellas más que un vacío inmutable, como si nadie hubiese dentro. La puerta de su casa era de madera rustica, me gustó, quizá era lo más nuevo que había en ese lugar.

Cuando entró, saludó a su madre con entusiasmo.

La señora era grandota (en todos los sentidos posibles) tenía un cuerpo demasiado ancho, tanto que me hizo pensar que para cruzar los umbrales de su propia casa tendría que pasar de lado. Ella lo saludó con una mala gana notoria. La expresión de Denilson languideció un poco. Era como "sí, está bien, podría ser peor", y no me pregunten como es que lo sé.

En la sala había tres baldes de agua medio llenos sobre los cuales caían gotas de lluvia desde el techo. El televisor era diminuto y los sillones carmesíes estaban llenos de manchas marrones (como de grasa o mugre). No había un solo cuadro en las paredes, solo líneas quebradizas y remolinos de pintadas a medias. Un lugar poco agradable, sin duda no están acostumbrados a recibir visitas. Un hombre alto, con bigote mal cortado y de músculos fornidos entró a la casa mientras yo examinaba la sala. Denilson lo recibió con una sonrisa, pero el hombre tenía una cara larga, como si hubiera visto al diablo en persona. Tenía sus enormes cejas arqueadas, la frente llena de arrugas y la mirada absorta. Llevaba un papel en la mano que instantáneamente fue a mostrárselo a la señora obesa.

–¿Y qué vas a hacer, Will? –inquirió ella con calma, aunque su preocupación se notaba en el movimiento extraño que hacía con las manos.

–¿Qué pasó? –preguntó Denilson.

–Ahorita no, nene –puntualizó su padre.

–Es que quiero saber si pasó algo malo –insistió decepcionado.

–Siempre pasan cosas malas y ni te das cuenta. Cuando trabajes y aportes a la casa, se te va a avisar, mientras no hagas nada, no molestes –exclamó su padre con una voz profunda y hastiada, con los brazos en jarras.

–Ya se les olvi… –Denilson mordió su lengua para no terminar su frase. Giró en redondo y se fue hasta su habitación. Estaba llorando, pero no quería que lo vieran.

Me sentí desconcertada, no entendí la reacción de Denilson. Era evidente que sus padres la estaban pasando mal, quizá porque tienen problemas para pagar la renta, o porque tienen alguna deuda con un banco y él los molesta con niñerías y encima se pone a llorar… ¿A quién me recuerda?

Lo seguí hasta su habitación y justo entré, él la cerró de un portazo. Su habitación era igual de virtuosa que el resto de su casa, quiero decir, hecha una mierda. Una pila de ropa estaba al lado de una colcha echada al suelo. El ropero no tenía puertas por lo que se miraba todo el interior. En la pared había una docena de recortes de las caricaturas que salían en el periódico, con chistes malísimos que a nadie le darían risa.

Denilson pateó la pila de ropa y se echó en la cama entre silenciosos sollozos.

—Es como si no existiera para ellos... Nadie recuerda mi cumpleaños —sollozó en voz baja.

Me acosté en su cama, a un lado de él. La habitación estaba medio oscura y el sonido de la lluvia era suave.

—Oh. Ahora entiendo todo —le dije a pesar de que no puede escucharme.

—Siempre están metidos en sus cosas, eso no es vivir...

Reflexioné en silencio.

—Mis amigos también olvidan mi cumpleaños, yo nunca he olvidado el de ellos. Yo voy a sus fiestas y les doy regalos y ellos a mí siempre me olvidan.

—Eso es muy triste —me volteé a modo de quedar cara a cara con él.

Estaba oculto entre sus sabanas, con las manos alrededor de la cara. Su voz vibraba y se rompía como el poema de verano que se recita en invierno.

—A nadie le importo. Quiero irme lejos y nunca volver... eso debería hacer.

—Oye, Denis, no es para tanto... piénsalo bien. Hay muchas cosas más allá de... —mientras hablaba, Denilson se levantó de la cama y fue hasta su armario.

Arriba de su armario había una mochila. La abrió y sacó los cuadernos que había en esta.

—Nadie me quiere —sollozó.

—No es cierto.

—Y sí nadie me quiere, nada hago aquí, a nadie le va a importar si me voy.

Denilson recogió sus prendas del suelo y las metió en la mochila. Abrió la ventana de su habitación y contempló su barrio a través de la densa lluvia.

Y no lo dijo, pero sé que lo pensó.

Él se sentía como el personaje de las caricaturas del que nadie recuerda el nombre, aunque saliese en todos los episodios.

—Cuando pare de llover, me iré para siempre. Me subiré al vagón de carga a escondidas de los guardias y nunca volveré a La Tierra de Dios —Denilson sentenció su destino con los ojos brillantes y la voz esclarecida. Como si algo maravilloso se le hubiese revelado tras el velo de un dolor que había destrozado su alma, mente y sueños.

Y a mí también se me mostró algo maravilloso.

Me fui por la ventana.

Y corrí a través de la lluvia.

Porque tenía un corazón roto que sanar.

8

Golpeé con fuerza la ventana del niño. Él la abrió cuando se percató.

—Alma, hola. Pensé que no vendrías esta noche.

—No tenemos mucho tiempo, Kris, vamos a la cocina — dije mientras, apurada, entraba en su habitación.

—No sé de qué hablas.

—Vamos a la cocina, te lo explico en el camino.

El niño me obedeció. Mientras cruzamos el corredor y bajamos las escaleras, le conté lo que sabía y como debíamos solucionarlo.

El niño abrió el refrigerador. Había jugo, cajas de leche, sodas, frutas y nada que nos fuera útil. Le dije que no con la cabeza y él fue hasta la mesa y apuntó hacia una caja de pizza, le volví a decir que no. Entonces abrió un traste de cristal y sacó un cubilete. Me vio y yo asentí con una gran sonrisa.

—Solo nos faltan las velitas —dije.

—Tengo solo veladoras usadas.

—Sirve. Trae una y un encendedor.

Había terminado de llover.

Kris y yo nos dispusimos a ir hacia el tren de carga.

9

La noche había caído sobre nosotros.

Pero en el cielo no había una sola estrella.

Denilson estaba sentado frente a las vías, esperando el vagón de carga que hombres con miradas cansadas llenan todas las noches de cajas con banano y coco para llevarlo quién sabe a dónde.

Le pinché el hombro del niño y cuando me vio puse el índice entre mis labios e hice: "Shhh". El niño y yo nos acercamos lentamente.

Y cuando estuvimos lo suficientemente cerca, exclamamos al unísono: "¡Sorpresa!". Kris encendió la veladora inmersa entre la masa del cubilete y dijo:

—Feliz cumpleaños, Denilson —Denilson separó su mirada del cielo y giró hacia nosotros con una cara extraña. Kris le ofreció el cubilete y agregó con una sonrisa de oreja a oreja—: Que cumplas muchos más y seas muy feliz.

—Kris… quién te dijo que era mi cumpleaños —Denilson extendió sus manos para recibir el cubilete.

—Nadie. Lo recordé. Antes lo celebrábamos todos juntos, ¿lo recuerdas?

—Yo… —Denilson, cabizbajo, hizo memoria de lo que Kris le decía—. Sí. Es cierto. Han pasado muchas cosas en tan poco tiempo.

—Sí, eso creo. En fin. Espero que te guste el pastelillo. Tengo que irme porque se hace tarde.

—Sí —Denilson esbozó una sonrisa que nunca se borraría—. Gracias, Kris.

Kris se dio la vuelta y se fue por donde vino.

Denilson se quedó en el mismo lugar, comiéndose el cubilete mientras escuchaba la marcha del tren de carga aproximándose.

Pero antes de que llegara, se levantó y caminó hacia su casa.

Con una sonrisa, sí.

Y con lágrimas fluyendo por sus pómulos.
Mi misión apenas comenzaba.

10

El niño y yo estábamos en la sala. Eran las ocho de la noche y estábamos solos en casa. El ruido de la lluvia no me permitió atender a la película que veíamos. Era El Extraño Mundo de Jack, película que de hecho veíamos a petición mía ya que el niño la odia. Odia todas las películas que me gustan, no me lo dice, por supuesto, pero lo sé. Supongo que se preguntarán por mis razones para hacerlo ver algo que no es de su agrado, y la respuesta es sencilla, él debe dejar de ser tan condescendiente, estoy a la espera de que se confiese, aun así, tengamos que ver doscientas veces la película, quiero que se confiese. Quiero que me diga que odia El Extraño Mundo de Jack, que detesta la Casa de los Trece Fantasmas, que la primera del Exorcista le dio tal cagalera que no pudo dormir y solo cerró los ojos y se metió entre sus sabanas para engañarme. Quiero que deje de complacerme y que me diga cuáles son sus películas favoritas, que debata por qué las de él son mejores que las mías. Sé que quiere ver la del Rey León o Jim y el Durazno Gigante porque he visto como se le queda viendo a los casetes de video cuando estamos en la tienda de alquiler de pelis. Pero siempre ha escogido los que yo he pedido. Porque quiere complacerme. No debería ser así. El mundo está lleno de personas malas que no dudarán en comerse a alguien tan dulce.
—¡Niño! —exclamé.
Pero no me escuchó, yo tampoco escuché mi propia voz a causa de la lluvia. Él mantuvo su mirada pegada al televisor mientras cada diez segundos se metía a la boca un par de poporopos. Y a pesar de no escuchar la película, fingía que sí. Siempre ha fingido. Pero solo se engaña a

sí mismo.

Le toqué el hombro y se sobresaltó un poco.

—Ya es hora de irnos a dormir —le dije en el oído.

—Pero la película aún no termina —respondió con los labios fruncidos y la mente nublada.

—Lo sé, pero ya es tarde y mañana tienes que ir a la escuela. Ve a lavarte y luego subes a tu cuarto.

—Está bien.

Aquella noche llovió muy fuerte.

11

Llevo una semana siguiendo a David y viviendo en su casa.

David estaba sentado frente a su escritorio haciendo tareas mientras yo estaba recostada en su cama, viendo a las cortinas danzar ante el inclemente viento helado.

—Sabes, si no fueras mal tipo, me casaría contigo —me volví hacia él y recosté mi cabeza en mi mano—. Eres muy guapo, pero muy malo, ¿no te da vergüenza?

Él siguió en su mundo, inmerso en sus números, explorando estrellas de fórmulas y descifrando los enigmas que guardan las ecuaciones.

—Ah... eres tan inteligente... ¿Te imaginas a nosotros teniendo un hijo con tu inteligencia y belleza y mi bondad y determinación? ¡El ser humano más virtuoso de toda la historia! ¡Ven y bésame, mi amor! ¡Rompamos los horizontes de la realidad! ¡Desafiemos al espacio! ¡Escapemos a un lugar en el universo en el que solo importen nuestras leyes! ¡Seamos dioses de nuestra propia realidad!

David tomó una regla e hizo unas líneas sobre el papel con una concentración que me ofendió... a veces olvido que nadie puede verme ni escucharme.

—Ah... si fueras un hombre de verdad.

David se detuvo en seco y se quedó pasmado unos segundos. Giró lentamente su mirada hacia las cortinas danzantes. Quizá escuchó una voz fluyendo entre las corrientes del viento helado. Se levantó y fue a cerrar la ventana.

David tiene un defecto extraño para un joven de su edad. Y es que piensa que es un hombre, sí, así como lo escuchan... o leen, mejor dicho. Y sí, su afirmación tiene peso en los que lo rodean, su madre y hermana lo ven como tal, sus compañeros en la escuela lo respetan y perciben como alguien independiente, sus maestros lo ven como un muchacho con ideas propias y personalidad definida. Nada que objetar salvo una cosa: David se junta con un muchacho de dieciocho años llamado Edgar.

Una información que descubrí gracias a las pláticas de él con su familia y con Edgar es que su padre murió y por eso tuvieron que mudarse, su madre no soportó la renta del hogar antiguo que era más espacioso y cómodo y tuvieron que mudarse a una casa que, si bien no es un mal lugar para vivir, es extremadamente pequeña, tanto que su hermana y madre comparten habitación y la sala y cocina están fusionadas. A partir de la muerte de su padre, a David no le quedó otra opción más que la de asumir el papel del hombre de la casa. Es culpa de su madre, quien siempre se la pasa repitiéndole eso tanto que él se la creyó.

A pesar de todo, no ha dejado de ser un niño y no es ajeno a los entusiasmos y debilidades de su edad. Llora cuando está a solas mientras se dice a sí mismo que debe dar la talla, su mirada se apaga cada vez que su madre lo atosiga con la misma insistencia de que debe optar a una beca. Su corazón se estruja cuando su hermana en vez de llamarlo por su nombre, le dice el de su padre, alegando confusión, cuando lo hace adrede, para que David piense que debe hacer por ella las mismas cosas que un padre, como por ejemplo llevarla a comer tacos al negocio de doña Cony y después a comer helado o arreglárselas para conseguir dinero para comprarle una muñeca... ah, que niña más lista y malvada.

Y una cosa más. El pesar de David tiene un catalizador. Edgar.

Edgar a pesar de ser joven, parece de treinta y cuatro y bajo sus ojos cuelgan bolsas negras llenas de noctambulas travesías. David y Edgar siempre se ven en el mismo lugar, una casa abandonada llena de espejos rotos y cucarachas, pero que para ellos es un castillo que reinan orgullosos. Según sus conservaciones y por las cosas tiradas que encontré en aquel lugar, doy por hecho que ocasionalmente montan fiestas y que todo se sale de control. Estoy segura de que las palabras "Maritza, puta de mierda", (entre otras citas con el mismo lirismo), que están pintadas en las paredes, no se deben a la formación casual por el deterioro de la madera. El olor del lugar es intensamente desagradable, como meter la cabeza en un trasero.

Edgar no estudia ni trabaja, David le trae comida y el dinero que su madre le da para la escuela. A cambio, Edgar le da consejos de cómo ser un hombre.

La falta de tacto de su familia y el vacío en su corazón que dejó su padre al fallecer se alinearon como las estrellas que auguran un apocalipsis para que el joven David entablase una amistad con alguien que claramente lo está manipulando a su antojo y beneficio.

Edgar siempre fuerza las conversaciones con David para mencionar a un tal Jona. Al parecer, el Jona ese formaba parte de su grupo. Eran los tres rotos e inseparables reyes de aquella casa abandonada. "Ese hijo de puta", era la alusión más frecuente a Jona. Edgar siempre resaltaba que ya se esperaba la traición, que solo quería ver a que horas se le caía la máscara a "ese hijo de puta". Rápidamente entendí lo que sucedió. Jona consiguió un trabajo y ahora ya no quiere saber nada de sus antiguos amigos. ¿No es acaso eso parte de crecer? Agitar las alas y salir del nido... ah, pero Edgar no lo entiende. David no ha comentado nada sobre Jona, solo calla y escucha, pero percibo que no lo odia, incluso puede que lo siga queriendo como a un amigo.

Son las cuatro de la tarde y está tan nublado que parece de noche. Lloverán perros y gatos en unas horas, sin duda. Estoy sentada en el suelo al lado de David que está en una silla de plástico. No me ha ofrecido su silla y aun así se siente un hombre, ja. Edgar lleva un rato hurgando algo en su mochila, si no lo conociera diría que va a darle un regalo a David. Esta tan pensativo que se le curva la frente, hay algo en su cabeza que batalla por salir, mueve las cejas con nerviosismo y su voz es tan suave como una bañera llena de cristales rotos.

—Tengo el plan perfecto para una broma de las buenas, David —Edgar lo dice con un tono tan siniestro que confiesa por sí mismo que habla de cualquier cosa menos de una broma—. Llevo planeándolo durante un tiempo.

—¿Sobre qué trata? —inquirió David al tiempo que se levantó de la silla.

Yo también me puse de pie y me senté en la silla, el piso estaba demasiado frío y se me estaba comenzando a entumecer la espalda.

—Vamos a darle un susto a Jona, que vea que es un gran cerote y que se metió donde no debía.

—¿Un susto? —preguntó David poco convencido.

—Sí. Con esto —Edgar sacó una pistola de su bolsón.

Me sobresalté. David contempló el arma con un silencio demencial, como si el mundo a su alrededor hubiera dejado de existir y solo existiera su consciencia y el arma frente a él.

—Agárrala, David ¿o acaso eres maricón?

David tomó el arma. El peso de esta hizo que casi se le cayera, seguro la imaginaba más ligera. Edgar soltó una risita sin gracia y le explicó a David cómo usarla.

—Es lo que los hombres de verdad usan, David —Edgar sostenía el brazo de David, indicándole una posición de mira–. Lo usan para cazar en las montañas, en las guerras o para proteger a su casa… no hay en el mundo cosa que pruebe más la hombría de un individuo que esto. Es el paso hacia ser un hombre.

Edgar sabía que palabras usar para dominar la dócil mente de un niño que buscaba sentirse alguien en la vida. Ah, pero David no quería hacerlo. El vacío que mostraban sus ojos al sujetar el arma no mostraba ningún ápice de ánimo de convertirse en hombre. Muy por dentro, David sabía lo que sucedía, tenía una mente muy madura. Sabía que no estaba subiendo las escaleras hacia la hombría, o al menos, no del todo. Lo que estaba tras la puerta de lo que por tanto tiempo había idealizado era un mundo apocalíptico. Aquello implicaba su conversión a monstruo. Un hombre monstruo.

–Jona saldrá de su trabajo en media hora. Cruzará el parque Reina y cuando esté cerca de los baños, saldré por atrás, porque lo estaré vigilando, escondido en el arbusto que esta por allí. Tú estarás en el baño y cuando escuches mi voz saldrás y le apuntarás. Ambos le estaremos apuntando y se va a cagar encima. ¡Va a arrepentirse de haber nacido!

–Suena divertido –murmuró David con una voz a la que le habían arrancado la juventud, una voz que ya no sonaba como la de un niño, era como si un árbol enfermo, podrido y encorvado tuviera voz y hablara con toda la propiedad de su naturaleza oscura.

–Me voy, te espero allá.

David estaba quieto como una garrapata en invierno, que se pone dura como una piedra y se sujeta a un árbol hasta que pase el mal tiempo. Bueno, en el caso de David, el mal tiempo nunca acabaría. Porque sabía bien que no solo era una broma, aquello era macabro y demente como para ser nada más una broma. Edgar planeaba algo. Algo malo. Y no podría detenerlo, al contrario, era un engranaje para su perpetración. Una pieza fundamental para el mal. ¿Un mal que toda su vida arrastraría? Quizá sí.

David se preguntó ingenuamente si toda su vida había sido de ese modo y no se había dado cuenta. Tan oscura y dolorosa como las imágenes de Cristo azotado y crucificado de la catedral. Ese Cristo que había sido castigado por proclamar ser alguien. ¿Así es como terminan los hombres? David pensó que ser hombre tal vez no era lo más asombroso del mundo, pero también reflexionó sobre su importancia. Si aquello salía bien y su sangre se volvía fría como las aguas del río negro, tendría las fuerzas necesarias −tanto físicas como espirituales− para ser un verdadero hombre. Soportaría cualquier cosa que adviniera, cualquier castigo, soportaría todo porque ya no tendría alma. Sería un hombre. Y también un monstruo. O un dios. Que bien podría ser todo lo mismo si uno lo observa con lupa.

Y en ese momento de cavilaciones y conjeturas, entró Kris, tan campante como un ángel que desciende de las nubes para otorgar la amnistía a los pecadores que han orado con el corazón entre sus manos.

−David −dijo esbozando una sonrisa risueña.

No logré explicarme cómo es que sabía que necesitábamos su ayuda. Pensaba llamarlo al tiempo que David saliera de la casa.

−¿Qué haces aquí, Morrison? −la ira de David se encendió como el sol que sube por todos los horizontes del mundo.

−Solo quería saludar... te vi cuando entraste aquí hace rato y... quise saber cómo estabas −Kris lo estaba haciendo otra vez. Estaba mintiendo. Pero por primera vez desde que lo conozco, no pude advertir cual era la verdad detrás de sus palabras.

−Pues estoy bien, ya te puedes ir.

−Eso que tienes en las manos es peligroso, amigo −el niño arqueó la ceja izquierda.

−Más peligrosas son las preguntas estúpidas y la gente metida −objetó David.

Kris le ofreció su mano a David y le dijo: "Vámonos".

–No tengo que ir a ningún lado contigo –David rechazó la mano del niño con una palmada seca.

En el rostro de David se dibujaba el torrente de emociones que estaba sintiendo: vergüenza, miedo y dolor, mucho dolor.

–¿Y sí te vas a la mierda de una ves? –David puso el cañón de la pistola sobre la frente de Kris–. ¡No sabes nada sobre mí!

–Pronto comenzará a llover –dijo Kris en voz muy baja, para que solo lo escuchase David.

La pistola temblaba en las manos de David.

Era la primera prueba.

El primer escalón.

Y debía dar un paso.

Un paso.

Quitar el seguro.

Y jalar el gatillo.

Para ser un hombre, monstruo, dios o nada.

Pero lo cierto es que solo era un niño.

Un niño.

Y no pudo evitar romperse en mil pedazos.

Y llorar como si fuese el último día de la humanidad sobre la tierra.

Kris sonrió y volvió a ofrecerle su mano.

–¿Estás listo para que nos vayamos?

–Sí –dijo David entre sollozos.

David soltó el arma y dio un paso hacia adelante, pero como le temblaban las piernas, casi cae, si Kris no lo hubiera evitado. David lo abrazó.

–Perdón… no sé qué me pasa… no le digas a nadie que hice esto, por favor, júrame que no le dirás a nadie.

–Será nuestro secreto… nuestro secreto de amigos, como en los viejos tiempos.

–Sí –David sonrió, era la primera vez en mucho tiempo que lo veía hacerlo–. Antes éramos buenos amigos.

Kris y David salieron de aquella casa sin volver la mirada hacia atrás.

Los vi alejarse desde el umbral de la casa abandonada.

Iban lentamente sobre la vereda, como dos amigos que se reencontraban después de muchos años sin verse.

El cielo rugió anunciando un torrente.

12

Cerca de las doce de la noche, cuando el niño ya se encontraba navegando entre sueños y pesadillas, alguien llamó a la ventana.

"Toc, toc, toc", un sonido liviano y rápido.

Desperté a Kris y le dije que su amigo lo esperaba.

Kris se acercó a la ventana, y al divisar entre la oscuridad a la silueta de su amigo David, la abrió.

—¿Quieres entrar? —invitó el niño.

—No, mejor sal tú.

El niño salió por la ventana y se acomodó en el tejado, al lado de su amigo. Yo me senté al lado del niño y vi hacia el cielo. Me dejé llevar por la enormidad de la luna llena, tanto que no percibí el rostro de los niños. Kris estaba sereno, pero David tenía los pómulos como tomates y los ojos tan irritados que apenas podía mantenerlos abiertos.

—Mataron a Edgar... —dijo David sin reparos.

Kris se mantuvo en silencio, seguramente porque no sabía qué responder.

—Lo... —David hizo una pausa para limpiarse las lágrimas y aclararse la voz—, lo están velando en casa de su hermana.

—Lo siento mucho, David.

—Sí. Me enteré cuando un par de hombres llegaron a casa mientras yo cenaba. Hablaron sobre el tema con mi mamá. Creo que eran policías. Yo sentí pánico y me fui a mi cuarto y... me escapé por la ventana, ¡No podía ser

verdad!... hasta que llegué a la esquina y vi las carpas, sillas, y caja de Edgar en el patio de la casa de su hermana.
Está muerto, Kris. Está muerto. De verdad está muerto...
Kris le ofreció su hombro a su amigo para que se des-
ahogara. Le dijo que lo mejor era decir la verdad, a fin de
cuentas, no podían hacerle nada porque solo era un niño.

13

Era una tarde hermosa en la que el viento soplaba cálida-
mente mientras las aves cantaban himnos de paz y tranquilidad. Era uno de esos días en los que no sucede nada
en absoluto, un día que transcurre con una indiferencia
tan tierna que dan ganas de tener alas como las de los pájaros y volar hacia el cielo, hasta perderse en la oscuridad
del espacio y ahogarse en el infinito.
Estaba sola en casa.
Kris y su padre salieron. Él me dijo que no los podía
acompañar, ya que podía ser peligroso para mí. Reí porque el peligro es imposible, ¡Nadie puede verme!, "Soy
como tu dolor, niño", le dije, "Solo tú puedes verme".
Pero Kris insistió y me recordó la regla "No puedo acompañarlo a todos lados". Yo no tenía ganas de montar un
drama, así que me escondí hasta que se fueron.
Mientras caminaba por la casa, observé que la puerta de
la habitación de los padres estaba abierta. Sé que no debería ser algo descabellado, pero ciertamente nunca la
había visto abierta. No sentí interés hasta ese momento
en el que pude inmiscuirme libremente.
Entré. Nada del otro mundo. Lo único que me sorprendió fue lo increíblemente limpio que estaba todo. No había una sola arruga en las sábanas de la cama, ni una sola
partícula de polvo por ninguna parte. No había fotos en
las paredes.
Fui hasta la ventana. La vista era mejor que desde la habitación de Kris. Era un ángulo perfecto de la avenida.

Las montañas del horizonte sobre la intensidad del mar, hileras de casas desiguales, el camino hacia el mercado...

—A veces me pregunto qué es real y qué es falso —dijo la voz de una mujer que se me acercaba por atrás—. ¿Qué harías si alguien te dijera que todo lo que ves y sientes es mentira?

La mujer se paró a mi lado y yo di dos pasos hacia un costado. No podía creerlo. Era la madre de Kris. Traía puesto un vestido de un morado palidísimo y nada más. Estaba descalza y sus piernas eran (casi) igual de delgadas que sus brazos. Su cabello estaba enredado como la cola de un burro y su pétrea mirada no se despegaba de la ventana.

—Estar perdido dentro de uno mismo —prosiguió con tono solemne—. Solo y desesperado, contaminado y en pecado sin cesar, ¿Qué crees que piensa Dios de todo esto? ¿A ti no te parece que la fe y la locura es lo mismo?

—¿Usted puede verme? —pregunté, temerosa de que todo este tiempo se estuviera dirigiendo a mí.

—Viene una tormenta —la madre acarició el cristal de la ventana—. Sí, toda esa tristeza se aproxima.

Volví mi mirada hacia la ventana. Lo que ella decía claramente era una fumada. El día estaba tan soleado que podría freír un huevo en la banqueta.

—Usted... ¡Usted no está diciendo la verdad!

—Hay cosas que solo se pueden ver con el corazón.

Me llevé las manos a la boca para ahogar un grito. Su fría mirada me llenó de miedo y angustia.

—Me pregunto si hay alguna manera para evitar lo que está por suceder... —la mujer bajó la mirada.

—Es imposible que usted pueda verme —dije casi susurrando, mientras intentaba ocultarme en una esquina de la habitación.

—Esta ciudad está por cambiar. Todos estamos por cambiar. Las estaciones desaparecerán y el sol no volverá a salir. La luna huirá y las estrellas explotarán. Y todo será oscuridad.

—Yo… yo no estoy entendiendo nada.

—Él ya viene.

—¿De quién habla, señora?

—Tristán. Está cerca.

—¡Qué…! ¿Qué? Eso es absolutamente imposible.

—Está siguiendo el rastro del dolor. La tristeza siempre sigue el rastro del dolor.

Tristán es el ser maligno que con el poder del Señor Oscuro destruyó Imaginaria, mi mundo, y es la razón que me obligó a alojarme en este. Y ahora esta vieja loca suelta un montón de tonterías para terminar asegurando que viene el ser más malvado de toda la existencia.

—¿Usted cómo sabe eso?

—No puedes detenerlo, ya lo intentaste y fracasaste.

—Eso ya lo sé.

—Kris. ¿Crees que él luchará contra la tristeza? —la mujer me vio con un semblante difícil de describir—. ¿O la aceptará?

Si no hubiera estado muerta de miedo, me habría echado a reír. ¿Cómo iba a luchar el pobre niño contra un ser tan poderoso? ¡La sola idea era estúpida!

—Usted lleva un buen rato hablando cosas que no tienen sentido.

—Que aprenda todo lo que el dolor le puede enseñar. Eso abre una posibilidad. Todavía podemos evitar que se convierta en un monstruo… sí. No todo está perdido.

—Pero es su hijo, ¿no es usted la instructora?

La madre levantó la mirada y me vio, extrañada.

Y sentí…

Sentí que con esa mirada tocó mi corazón.

Quise llorar.

El llanto se acumuló en mis ojos.

Su mirada era como un grito doloroso, como un sueño de tristeza, como un poema agrietado en las paredes de la depresión, como un mar lleno de rabia… como un es-

46

plendor de odio alojado en un pedazo de verano.

Y no pude más que resignarme a la dulzura de esa mirada. Todos sus sentimientos entraron en mí y comprendí su verdad. Ella nada podía hacer por su hijo.

—Haré lo que pueda —asentí.

—Eres tan inteligente, Alma —dijo esbozando una sonrisa que encendió la belleza de su rostro.

La madre estiró su mano hacia mí.

Y yo hice lo mismo.

Pero nunca logramos tocarnos.

14

"Al papá de Alejandro lo despidieron y ahora se lleva mal con el mío". Eso fue lo que me dijo el niño aquella tarde lluviosa.

Y con razón lo despidieron.

He pasado unos días en la casa de Alejandro, y, Dios mío, que hombre más irresponsable es su padre. Se pasa las tardes bebiendo cerveza mientras mira partidos de futbol sentado en el sillón como si fuera un adorno. O, mejor dicho, un estorbo. Al parecer, desde que lo despidieron, no volvió a trabajar. Es su mujer la que mantiene a la familia. Supuestamente es el padre el que cuida del hijo, pero permítanme reírme de eso.

Alejandro le tiene mucho miedo a su padre. Cualquier cosa que sucede en la casa es culpa de Alejandro, si un perro ladra en la calle, es culpa de Alejandro, si una puerta chirría, también. Si la cerveza se acabó, oh, seguro es porque no había dinero suficiente para comprar más porque había que pagar la colegiatura de su inútil hijo.

David sufría porque no tenía padre y Alejandro sufría por tenerlo. Qué cosas, ¿verdá?

Alejandro estaba en su cuarto, pintando un dibujo que había hecho horas atrás. El detalle era impresionante, realmente lo hacía como un profesional, trazos precisos, un dominio absoluto del lápiz, era un joven muy talento-so. Me pregunté cómo me vería si me pintase a mí, con un vestido... no, con una falda corta y... y una camiseta, no, en bra, sí, que se viera que soy una belleza. Ah, un retrato de la reencarnación de una diosa cuya belleza era privada porque los hombres de este mundo no pueden verla porque no lo merecen, nadie es digno, bueno, sí, un dulce niño nada más, pero los demás no. Una diosa. Eso soy.

Su padre llamó a la puerta. Lo hizo con una vocecilla, con tono suplicante, pero ante el silencio de su hijo, cambió a un tono un tanto agresivo:

—Niño —vociferó el señor al tiempo que zarandeó el pomo de la puerta—. Quiero que vayas a la tienda a comprar unas cervezas. Y quiero que lo hagas ya mismo... tiene que... que ser ya.

Alejandro cerró los ojos y aspiró profundamente. Retuvo la ira, el dolor y la desesperación.

Se levantó y se paró frente a la puerta. La luz que entra-ba por las ventanas le llegó hasta la cintura, el jovencito tan erguido como el amanecer parecía la bandera de una nueva nación.

Su padre forcejeó la puerta y entró sin que el muchacho se molestara en abrirle o decirle cualquier cosa. A su pa-dre se le enredaron las piernas y cayó después de abrir la puerta. Intentó ponerse de pie en vano.

—Apestas —dijo Alejandro con voz baja mientras se incli-naba hacia su padre—. Apestas como un puto zorrillo. No. Peor. Eres peor.

De repente tuve la sensación de estar frente a una ser-piente venenosa y no ante un niño maltratado. Y es que a través de esa ventana de ojos marrones se divisaba una prisión que alojaba a un lobo impasible. Tenía sentido. Alejandro odiaba a su padre. Lo odiaba con fervor. Lo odiaba como el día odia a la noche o como el cielo odia al mar o como el ruido odia al silencio. Llamaradas efervescentes de pensamientos oscuros se entremezclaban con sus pesadillas. Pesadillas que él mismo había imaginado.

–No eres tan fuerte como piensas… podría… –Alejandro habló con la voz tan baja que parecía estar hablándose a sí mismo–, podría ponerte un calcetín en la boca y te ahogarías.

Y todo estuvo más claro para mí. Alejandro no era una bandera ni mucho menos. Era una antorcha con un fuego que comenzó a arder hace mucho tiempo.

–Podría meter tu cara en el inodoro y cuando mamá regrese del trabajo, pensaría que te moriste por pendejo.

Sentí miedo. ¿Cómo un niño podía tener esa alevosía? ¿sería por los videojuegos? ¿los libros, tal vez? ¿o por las películas? ¿de dónde viene esa semilla de odio que comienza a sacar sus espinas antes que su tallo? Era odio en estado puro, como el oro puesto a cocción, que se mece en su liquido valioso, a la espera de tomar cualquier forma que el humano pueda concebir. ¿Cuál sería la forma del odio de Alejandro? ¿este apagaría el fuego? ¿o diseñaría una daga con el nombre de su padre tallado en la hoja?

–¿Qué… qué estás diciendo, joven? –el padre de Alejandro parpadeó varias veces como si se estuviera despejándose de un trance hipnótico–. Vuelve a decir lo que dijiste, niño.

–No dije nada –Alejandro erguido y palidecido, retrocedió, con las llamas de su mirada apagadas, con sus pensamientos esfumándose como si fueran burbujas de jabón que ascienden hasta desaparecer. Parecía un perrito abandonado o un gato enfermo o un canario con las alas cortadas o un león sin colmillos ni garras.

Su padre se apoyó en el piso y después de una larga pausa, se impulsó hasta incorporarse, balanceado y sereno, con la borrachera difuminada como por arte de magia.

–Te escuché perfectamente –dijo el padre repetidas veces al tiempo que asentía consciente del pecado del ser demoniaco al que toda su vida había criado como a un hijo–. Ah, Alejandro... –el padre inquisitivamente apuntó a su hijo con su índice que reposaba en una mano cansada que tambaleaba como las hojas a punto de caerse de su rama–. Solo quería un favor, niño, un favor y escucha lo que me dices...

–Yo no dije nada, estás borracho e imaginas cosas –Alejandro caminó de espaldas y atravesó el umbral de la puerta.

–Bolo o lo que querrás, pero no pendejo, joven. Eres un malagradecido... yo me dejé la vida por ti y solo quieres que me muera.

–No, papá –era la primera vez que escuchaba a Alejandro decirle "papá".

–Eres una mierda, niño. ¡La peor mierda que pudo haberme pasado! –el señor se llevó las manos a la cintura. Estaba sacándose el cinturón.

–¡No, yo no dije nada! ¡no me vayas a pegar o le digo a mi mamá! –gritó Alejandro mientras apretaba los puños y sus lágrimas borboteaban en las comisuras de sus ojos.

–¿Y qué piensas que va a decir ella cuando sepa lo que dijiste, maldito demonio? ¡Ya no te soporto, puta madre! –el padre agitó el cinturón como si fuese un látigo–. Ven acá, demonio.

–¡Noo! –exclamó Alejandro mientras se alejaba a toda marcha de aquel lugar.

Pero su padre rápidamente lo alcanzó.

Y lo sometió contra el suelo.

Puso su bota sobre la espalda de su hijo y con todas las fuerzas que tenía en aquel momento –que menguaron considerablemente por su estado–, azotó a su hijo con el cinturón.

PÁ. Aquel sonido seco se repitió al menos cinco veces, seguido de los alaridos de Alejandro.

El padre volteó a su hijo, lo agarró del cuello y levantó.

–Un calcetín dijiste que me ibas a meter en la boca, ¿no?... eres una garrapata, Alejandro, chupaste toda mi juventud. Yo siempre dije que nunca me iba a casar y cuando se embarazó tu madre me jodió la puta vida. Lo menos que puede hacer esa zorra es mantenerme. Y lo menos que podías hacer tú era obedecer. Si jodido ya estoy y siempre lo he estado desde que asomaste tu horrible cara al mundo.

Viéndolos cara a cara, no pude evitar la comparación. Alejandro era un espejo juvenil de su padre. Y de allí venía todo el mal que albergaba su corazón. En la ventana de los ojos de su padre pude ver que también ardía un odio profundo. Eran padre e hijo sin duda, en sangre y pensamiento.

Alejandro gritó y se tambaleó entre las manos de su padre. Este le tapó la boca y Alejandro lo mordió como si fuera un animal salvaje. Al padre lo asaltó un profundo dolor y dejó caer a su hijo. Este no dudó ni un segundo y lanzarse por una de las ventanas. Sin tiempo para abrirla, la atravesó y corrió lo más rápido que pudo.

El cielo estaba despejado. Alejandro y yo caminábamos sin rumbo aparente bajo el cálido sol de La Tierra de Dios. Se respiraba una tranquilidad fúnebre. Caminé de espaldas, frente a Alejandro. Él tenía las manos metidas en los bolsillos y la mirada vacía, como si hubiera sido purgado de su propia alma, si antes algo ardía dentro de su mirada, ahora solo se divisaba un abismo sin fin. Me pregunté que estaría pensando. Mejor no saberlo. Después de andar un buen rato, paró en seco y vio hacia los portones del estadio Roy Fearon, se quedó un momento examinando aquello y después se aproximó lentamente, como si estuviese meditando si hacer lo que estuviese a punto de hacer, fuera lo correcto o no. Tanteó las cadenas del portón, estas hicieron un ruido molesto. Alejandro giró su mirada en busca de algún metido que lo estuviera observando, pero nadie había, así que se agachó y empujó el metal del portón. Las cadenas estaban mal puestas, como hecho a la carrera y el portón estaba tan oxidado que doblarlo un poco no era tan difícil. Alejandro hizo un espacio entre las puertas del portón y entró al estadio. Alejandro dio un par de vueltas por todo el lugar y cuando estuvo seguro de que no había guardia, relajó la espalda y su mirada vacía recobro un poco de brillo. Él notó que aquel lugar estaba medio abandonado, "ya nadie hace deporte. A nadie le importa", murmuró para sí mismo. Se sentó a contemplar el avance de la tarde. Seguro pensaba mudarse al estadio. Una locura, pero sé que tanteaba las posibilidades que tenía. Podría regresar a casa por la madrugada traer sus cosas e instalarse en el estadio. Encontraría un lugar cómodo en aquel gran lugar. Pediría dinero en los mercados por las mañanas, sí. Podría conseguir buena tajada mientras se viese joven. O sus amigos, sí, ellos podrían ayudarlo, de hecho, podrían pasar los fines de semana allí, cada uno tener su espacio determinado, como si fuese una gran fortaleza hecha para ellos. Eso de las casas del árbol eran ideas para pendejos sin imaginación, por supuesto. En el estadio podrían jugar pelota sin miedo a romper ninguna ventana, ni que se les fuera para otro lugar, los muros los protegerían de cualquier peligro... di por hecho sus pensamientos al ver que a cada minuto soltaba una risita y sonreía como bobo. Así hasta que cayó la noche y llegó el guardia del estadio Roy Fearon.

Alejandro estaba oculto en una esquina oscura del baño. Vigilaba, expectante, la entrada gracias a la luz de la luna que entraba por las ventanas de barrotes. Acurrucado, en el momento más solitario de su triste existencia, sin saber que pasaría cuando el guardia lo encontrase, y como se ocultaría de él de todas las noches. Ah, algún día lo encontraría, y lo llevaría hasta su casa... y su padre, ese hombre sin un ápice de humanidad volvería a emborracharse y a pegarle hasta matarlo.

Y de pronto.

Por obra del destino (o, mejor dicho, mía).

Una piedra con un papel atado entró por la ventana.

Alejandro se acercó con miedo hasta aquello tan extraño.

Era una nota que decía así: "Distraeré al guardia. Nos vemos en la salida. Atentamente, Kris".

—¿Morrison? —murmuró Alejandro.

Mientras la noche avanzaba y Alejandro buscaba como loco un lugar dónde esconderse, yo fui a casa de Kris y le conté absolutamente todo. Lo de la piedra fue idea de él, seguro que lo vio en una película o algo así. En fin. Kris tuvo que trepar los portones, ya que cuando llegó el guardia ajustó las cadenas y no dejaban ningún espacio, sin embargo, por encima de los portones había una abertura por la que un niño como Kris fácilmente podría caber. Se subió a los tubos del portón y se impulsó hasta arriba.

Una vez dentro, subió las gradas hasta llegar al punto más alto del estadio, estando allí silbó para llamar la atención del guardia, quien se encontraba cerca de los baños, seguramente porque se dirigía a orinar.

—¿Qué haces acá dentro, joven? ¿qué se te perdió o qué? —refunfuñó el guardia mientras subía las gradas con una escopeta entre las manos.

—Yo... busco mi pelota... —Kris se metió entre las sombras de una caseta que había en lo más alto, donde comentaristas narraban los partidos con sus micrófonos. Aquel lugar estaba atestado de polvo y bichos.

El guardia intentó encender la luz, pero nada ocurrió cuando presionó el suich de la caseta.

—Una pelota... ¿y en la caseta la estás buscando? ¿me viste cara de pendejo o qué?

—Sí. Las pelotas ruedan por todas partes —Kris hablaba casi a susurros, como si fuese la voz de la noche—. Y pensé que sería un buen lugar para buscar, señor.

—Va... esto es lo que vamos a hacer. Voy a llamar a la policía y te van a llevar a la estación. Allá te van a tener que llegar a traer tus papás y segura vergueda te van a montar, una por mentiroso, otra por andar jugando de noche donde no tienes que estar.

–No… no es necesario, señor… mi pelota está allí y ya me iba –el niño dio un paso hacia adelante y la luz del estadio le llegó hasta el pecho, más su rostro seguía entre las sombras, se veía como un niño sin cabeza, como un ser de cuentos de abuelas. El guardia apretó su arma contra su pecho y líneas de sudor le recorrieron la frente–. Justo aquí está mi pelota… mire –el niño apuntó hacia un lugar donde nada se veía.

El guardia vio el lugar señalado, pero no distinguió nada. Se acercó un poco y al mismo tiempo se acercó el niño.

–Sí… ¡aquí está! –Kris sujetó entre sus dedos un puñado de polvo y se lo lanzó a los ojos al guardia, quien los tenía completamente abiertos.

El guardia gritó y enfundó su arma. Y disparó sabiendo que el niño se había escapado.

Alejandro estaba afuera, completamente anonadado, como si el diablo hubiera caminado frente a él.

–Hola –saludó Kris al cruzar el portón por encima.

–¿Qué… qué…? –a Alejandro le fue difícil formular su pregunta.

–¿Qué pasó? –inquirió Kris, extrañado.

–¿Qué… qué fue ese ruido…?

–Ah, no pasó nada. El viejo ese disparó, pero no fue a mí. Ahora no importa, tenemos que irnos –Kris tomó la mano de Alejandro y se lo llevó a casa.

Mientras se alejaban, Alejandro volvió la mirada hacia atrás, a la espera de que el guardia tirara el portón y los persiguiera, pero el silencio fue lo único que ocurrió.

¿Un guardia de seguridad disparándole a un niño? Podría pasar cualquier cosa antes que eso. Además, el ruido del disparo no sonó como suenan las escopetas. Alejandro había escuchado aquel ruido en películas, videojuegos y en la vida real, y no sonó para nada igual.

Pero no tuvo más opción.

En aquel momento de fragilidad, Kris era el único que le

tendió la mano.

Alejandro se alojó a escondidas en la casa de Kris aquella noche.

Durmió en su cama, y Kris al lado, en unos cojines tirados en el suelo.

Alejandro le contó lo que le sucedió y Kris fingió enterarse por vez primera.

—¿Y cómo fue que supiste dónde estaba exactamente? —inquirió Alejandro, ya avanzada la conversación, luego de pasar un buen rato pidiendo perdón por su comportamiento y agradeciendo la ayuda.

—Yo... lo supe porque estaba afuera del estadio... iba a comprar comida y... casualmente te escuché, te escuché moverte. También escuché tu llanto y supe que eras tú. Cuando intenté entrar en el estadio, vi entre los bordes del portón al guardia marchando de un lado a otro. No podías salir por eso, no había otra alternativa. Escribí la nota y la lancé por la ventana. Eso es todo.

Y aunque aquello sonaba apenas creíble, pues la casualidad brillaba en cada esquina del relato, Alejandro habiendo ya puesto su confianza en Kris, lo aceptó como su salvador y creyó cada palabra.

—Dios, no sé qué voy a hacer ahora... no puedo volver a casa.

—Sí puedes.

—¿Estás loco? Mi mamá va a matarme. Y si no me mata ella lo hará mi papá.

—No —Kris se incorporó y se sostuvo en el borde de la cama, Alejandro se movió para quedar cara a cara con su amigo—. No si arreglamos la realidad.

—¿Cómo así?

—Tenés que decir que... que tu papá estaba bolo. Bolo perdido y... y, que intentó matarte... yo puedo decir que estaba en tu casa en aquel momento. Puedo decir que te traje a mi casa desde que eso pasó y todos nos creerán. Tu papá es un bolo y los bolos siempre hacen cosas malas. Te lastimó, tienes pruebas. Yo también seré una prueba.

—Eso suena bien... podría deshacerme de una vez por todas de él. Y quedarme con mi mamá... ¡Kris es una idea muy buena!

A la mañana siguiente los dos jóvenes se acercaron a la estación de policías para relatar la historia que inventaron. Hicieron un par de arreglos al relato y lo memorizaron a la perfección antes de ir, por supuesto. Horas después la madre de Alejandro llegó a la estación, con los ojos tan rojos como un par de tomates por tanto llorar a su hijo desaparecido. Más tarde, una patrulla irrumpió en la casa de los padres de Alejandro, el padre ignoraba que a su esposa la habían llamado desde la estación de policías. Otro clavo para su cruz fue que, después de contarle la versión de su historia a su esposa, al parecer, se olvidó del tema y no hizo ningún esfuerzo para buscar a su hijo desaparecido. Cuando la policía llegó con una orden de arresto el padre estaba en su ritual diario de beber cerveza mientras veía futbol en la televisión. Hubo un proceso judicial, los niños fueron citados a testificar y después de dos meses, el Juzgado emitió sentencia para el padre de Alejandro, condenándolo a pasar catorce años en la cárcel por haber intentado asesinar a su hijo.

15

"El padre de Pedro abrió una tienda en su barrio y ahora su madre trabaja en ese lugar, ya no se dedica al quehacer en casas ajenas".

La familia de Pedro es hasta ahora la más normal de todas. El padre de Pedro abrió cinco tiendas y tres quioscos en donde se venden empanadas, tortillas de harina y tacos. Gana muchísimo dinero para ser negocios humildes. Cada tienda está puesta de manera estratégica en barrios con poca competencia, cada quiosco igual. La gente que vive cerca solo tiene una opción.

Y a pesar de eso, no le sobra mucho a fin de mes. Viven al día a día, como cualquier familia jodida. Y es porque el hermano de Pedro sufrió un terrible accidente. Kris tenía entendido que el hermano de Pedro se había mudado a Chiquimula para continuar sus estudios universitarios, pero era mentira, tuvo un accidente y se apartó totalmente de la sociedad, pues estaba postrado en cama, y, con mucho esfuerzo lograba mover los dedos y cabeza. Le era totalmente imposible hablar. Era como un muñeco. Un muñeco que encierra un alma. Y es que la encierra, porque por más triste que suenen mis palabras, sus huesos rotos y degrado físico y mental son como barrotes de una prisión.

Yo para el mundo no existo. Soy como el viento o el rumor de un río escondido. Pero soy libre en este espacio extraño, y lo prefiero mil veces antes que a vivir como una piedra. Puedo darme el lujo de pensar esto, mi franqueza no puede dañar a nadie.

Cualquiera que viera los costes de la medicina y equipo tecnológico que utiliza el hermano de Pedro para aferrarse a la vida como si fuese de un hilo, se echaría las manos a la cabeza, y lloraría hasta que sus ojos se quedasen sin lágrimas, hasta que su cuerpo sea como una pasa, hasta la muerte.

El hermano de Pedro me recordó a una historia que leyó Kris hace un tiempo, trataba sobre un joven que de un día a otro se transformaba en un bichazo horrendo y su familia lo detestaba por eso, bueno, el hermano de Pedro era algo parecido, era un ancla que no los dejaba progresar en lo más mínimo. Era como si estuviesen estancados en una lucha eterna, nadando contracorriente a pesar de que el resultado final, sin importar lo que hicieran, sería el mismo. No había manera de que el hermano de Pedro se levantara de la cama, estaba en un estado terminal, su cuerpo era más un cadáver que cuerpo... y su mirada, las pocas veces que vi sus ojos abiertos... eran como dos perlas nadando en una poza maloliente, dos perlas cargadas de una esencia inconfundible, y es que me imaginé como se vería aquel muchacho sin todas esas vendas ni cicatrices, ni granos que borbotean pus, seguro era atractivo, como su padre, inquieto como su hermano, bondadoso como su madre, seguro que reunía todo lo bueno que el mundo podía ofrecer y seguro que para cualquiera mujer podría ser el marido perfecto... En otra tierra, en otra realidad, en una línea temporal distinta, por encima de esta esfera espiritual que nos encadena a todos en una interminable e insípida corriente de eventos que escapan de nuestra voluntad, en un lugar idílico, solo imaginable, quizá podríamos compartir un helado mientras caminamos sobre una vereda de camino a la escuela, de lo más normal y campante del mundo, sin que nada nos importara, hablando sobre fantasías futuras, cosas que nunca haríamos, yo diría que quisiera ser modelo o científica, él que quiere ser escritor o abogado, y ambos terminaríamos en trabajos de mierda, yo poniendo uñas en una estética de chapucerías y él en un McDonald's deseándole buen día a un centenar de personas que lo verían como un bicho, así como ahora que está sobre una cama con la muerte mordiéndole las orejas... ah, sí lo pensamos, nada cambia al final.

Es indudable que, en tiempos menos dolorosos, Pedro amó a su hermano, en toda la casa hay fotos de los dos haciendo toda clase de actividades: en la cocina hay una foto de los dos portando camisolas de su equipo deportivo, con sus gorritos alegóricos y tenis con tacones; en la sala había un retrato familiar, sonriendo como no lo habían hecho hacía ya tanto... en la habitación del hermano de Pedro, frente a su cama, colgaba una foto de los hermanos abrazados de hombros, con un lago a sus espaldas. He llegado a pensar que el hermano de Pedro no acostumbra a abrir los ojos para no ver esa foto, porque a pesar de que su hermano le traía la comida, le cambiaba los vendajes, le secaba el pus y el sudor, este lo hacía con infinito desprecio. Quizá en algún momento lo hizo de corazón, la primera semana o el primer mes, pero ahora odia hacerlo, cuando nadie los vigila, le susurra cosas tipo: "Eres aburrido como una piedra", "¿Quién te mandó a estar corriendo en la moto?", "Eres tonto... todo lo que gastan nuestros padres por tu culpa. Descarado", "¿No piensas levantarte?"... entre otras cosas. En los pocos días que he pasado en casa de Pedro he notado que ideas extrañas rondan en su cabeza. Y las quiere sacar. Quiere sacarlo todo. Hace ademanes, intenta, retrocede. Lo he visto sostener almohadas cerca de la cara de su hermano, este lo ve con una mirada suplicante, pero Pedro que ya no siente nada, arruga la frente y suelta la almohada. Los medicamentos e instrumentos que su hermano necesita para vivir, Pedro juega con estos frente a él. Le amarra el esfingomanómetro en el brazo y lo llena de aire hasta que el brazo de su hermano se pone morado como una uva. Rellena el cilindro de suero y aprieta el tubo de plástico y lo corre para que el líquido le llegue de golpe a la vena. "Yo quería ser como tú", lo escuché decir, "Pero ya no, drogadicto. Eres un drogadicto... eso significa que esto te gusta".

Le dije a Kris que para entrar a la casa tendría que hacerlo por la ventana de la cocina, la madre siempre la deja abierta para que los olores de los condimentos no se encierren ni se pasen a otras habitaciones y la mayoría de veces la deja abierta.

Y así lo hizo.

Escuché su silencio mientras se deslizaba por la oscuridad, como el espíritu de la noche.

—Es él —le indiqué con el índice, sin volver mi mirada hacia él, pero con la certeza de que me prestaba atención.

—Sí. Casi no lo reconozco —dijo con susurros. Se paró frente a mí, con la mirada clavada en el moribundo.

—Es el final ¿verdad? —murmuré en su oído.

Kris se acercó lentamente a la cama y recorrió el rostro del moribundo con sus dedos. Acarició sus pómulos mientras él abría los ojos. Seguro que lo reconoció: "¡Es Kris!", pensó seguramente, "El raro que nadie quiere cerca...", y como si estuviese nadando en su sueño, con la intención de saltar a otro más alegre, cerró los ojos, para nunca más volverlos a abrir.

—Vamos, niño, tenemos que irnos ya.

El niño y yo volvimos a casa corriendo bajo una intensa lluvia.

Al día siguiente, el niño se presentó para dar su sentido pésame a la familia de Pedro. De los conocidos de Pedro, fue el único que se apersonó. Pedro estaba totalmente destruido, por alguna razón sentía que fue él el que mató a su hermano, o que este se deprimió tanto por sus acciones que simplemente decidió morir. Ah, y como maltrató a Kris y este estaba para él en un momento tan doloroso. Pedro pidió disculpas por su comportamiento. Su hermano estaba muerto y ya nada se podía hacer, pero todavía podía redimirse con Kris.

16

—Alma, ¿estás despierta?

Trascurría la madrugada mientras el niño y yo estábamos envueltos en sus sabanas.

—Sabes bien que yo nunca duermo, tontito —me incliné hacia él y vi el reflejo de la luna en su mirada de gato asustado.

—Sí, pero no quería ser maleducado, siempre hay que preguntar.

—Lo entiendo, mi niño —acaricié su brazo para ratificar mi presencia.

—A veces... a veces me gustaría ser como tú, Alma.

—¿Cómo yo? —inquirí, sorprendida.

–Sí. Invisible. Haría muchas cosas si lo fuera.

–¿Cómo cuáles?

–Me iría muy lejos. Tan lejos que probablemente no sabría en dónde tengo los pies.

–¿Y eso por qué?

–Esta casa... esta casa no se siente como un hogar. Me siento muy solo, Alma.

–Niño...

–¿Algún día nos iremos de aquí?

–¿Y sí alguna vez quieres regresar?

–Nunca. No volveríamos –el niño esbozo una dulce sonrisa porque sabía que su anhelo era imposible, no era más que un sueño que nació muerto para el cielo y la tierra.

–En algún lugar lejano... –deslicé mis dedos en su frente, nariz y pómulos hasta llegar a su mentón. Su mirada se clavó en mí y sentí tanta paz que no pude evitar acercarme más a él para darle un abrazo de oso–. Dulce niño.

–No importa a dónde. No importa mientras estemos juntos.

–Eres mi niño.

–Y tú, mi Alma.

17

Estaba sentada en el tejado, viendo la calle mientras una acogedora brisa recorría la espesura de mis pensamientos. Es un niño maravilloso, ¿sabes? Lo sabes, estoy segura. Hemos hecho tantos avances juntos. Ayer la pasó en casa de David y hoy está con Alejandro, ¿puedes creértelo? Los ha purgado de su dolor y ahora ellos lo reciben con los brazos abiertos.

Sus amigos.

Ya no llora por las noches.

Sus calificaciones han mejorado.

Le duele. Todavía hay algo que le causa dolor y se siente solo.

¿Podrá soportarlo?

Kris podría.

Y yo.

Yo también.

Vine a este mundo huyendo de mi dolor.

Y yo.

Yo puedo.

Puedo enfrentarlo y restaurar mi mundo.

Pero antes de irme, debo evitar la destrucción de Kris.

18

Emanuel...

Emanuel.

Mejores amigos.

El dolor es como una cruz invisible atada a nuestro espíritu.

¿Pero fue por dolor?

Emanuel es un niño cargado de dolor.

Probablemente el niño con más dolor que nunca antes haya visto en mi vida.

Lo que estaba atado a su espíritu era una arboleada de cristales rotos.

A donde quiera que pusiese los pies, espinas de cristal se le incrustaban en el corazón.

Emanuel...

Emanuel tenía un hermano.

Un hermano que solo era capaz de hablar en el lenguaje del odio.

No tenía padre ni madre, solo hermano.

Es decir, su esperanza era una soga atada a un abismo.

Su hermano llega de trabajar a las ocho de la noche.

Emanuel procura estar en cama antes.

Encerrado con varios candados.

Porque su hermano es como un espectro.

Y los candados son como las sábanas con las que se oculta de este.

Pero cuando su hermano desea verlo.

Cuando de verdad quiere ver a su hermanito.

Toca la puerta.

Y si Emanuel no saliera, la patearía hasta romperla.

Y es que los candados son como hilos, vanos para la repeler demonios.

Y algo que va más allá del dolor se enciende en su mirada. Algo solo alcanzable en los estados más apocalípticos del ser.

El cenit de la humanidad, quiero decir, el final de su naturaleza.

Un odio en un estado de pureza tan claro como el de los diamantes.

Cuando Emanuel abre la puerta, su hermano le daba una palmada en la cabeza: "Buenas noches, hermanito, ¿cómo estuvo tu día?", le decía. Emanuel solo sonreía mientras su alma gritaba un poema compuesto con palabras avernas.

Emanuel sabía que no podía evitar lo que le sucedería, de nada serviría que dijera que estaba cansado, que se tenía que dormir ya mismo porque mañana le tocaba examen y tenía que levantarse temprano para estudiar. Era inevitable como la venida de las lágrimas ante hecho que nos rompe el corazón.

El ritual siempre era el mismo. Presenciar aquello era como ver una secuencia pregrabada. Emanuel se quitaba la camisa y los pantalones y se metía a su cama. Su hermano le seguía.

Y como si en las brasas del fuego ardiese, cada vez más se purificaba su odio.

La razón por la que Emanuel odiaba a Kris era porque este conocía su secreto.

Kris sabía lo que su hermano le hacía.

E intentó ayudarle, antes de que yo viniera.

Intentó y Emanuel se encendió en odio.

Por eso dejaron de ser amigos.

No quería que nadie supiera aquello.

Sentía vergüenza por estar vivo.

Y la única manera de guardar su secreto era matándolo.

Emanuel intentó matarlo porque Kris sabía demasiado.

Pero no pudo, y no volvió a intentarlo, así que cambió sus planes.

Le hizo creer a todos que Kris era un idiota, alguien incapaz de sentir dolor, una piñata perfecta. Y como a todos les venía bien desquitarse con alguien, siguieron la corriente hasta convertirlo silenciosamente en un gnomo apestado que nadie quería cerca.

Kris se sintió culpable por conocer sin quererlo, el secreto de su mejor amigo, así que aceptó silenciosamente la condena. Cada insulto era merecido. Cada desprecio era recibido con orgullo. Cada apodo era una insignia.

Pero todo eso había terminado.

Porque aparecí yo, la expresión de su dolor, también capaz de descomponer su naturaleza y unir los pedazos rotos de su imaginación.

A Emanuel no le gustó que Kris hiciera las paces con los demás.

Así que, mientras todos jugaban en el parque, encaró al hereje y a los traidores.

Y no pudo evitarlo.

Emanuel no pudo evitar que su odio lo cegara una vez más.

Le dio un golpe a Kris justo en la boca. Los dientes de él le quedaron grabados en los nudillos. Alejandro intentó meterse para que no le encentara otro golpe a Kris, pero Emanuel, haciendo uso de su enorme resistencia al dolor, le dio un cabezazo y le encestó otro golpe a Kris. Denilson se quedó paralizado, David le dijo a Emanuel que estaba loco. Emanuel lo tomó del cuello y lo sometió contra el piso, le gritó que era un maldito traidor y le escupió su bilis en la cara. Pedro tomó a Emanuel por la espalda, pero este se liberó rápidamente y le cuadró una ráfaga de cuatro golpes en toda la cara, Kris lo tomó del brazo para detenerlo. Y lo logró, al cabo, no era a Pedro al que quería lastimar. La lluvia comenzó a brotar de las nubes como si alguien en el cielo estuviera triste de lo que pasaba en la tierra. Con todos abatidos, se concentró en su verdadero enemigo. Emanuel quería disfrutarlo, como si estuviera frente a una res cruda a la que hay que cocer a fuego lento. A Kris lo coció a golpes, cada uno con más brutalidad que el anterior, como si estuviera luchando contra una bestia, retrocedía para darle impulso a su puño y Kris recibía todos los golpes que sonaban atronadores en el charco de sangre que era su rostro. Emanuel se detuvo un momento para agarrar aire a grandes bocanadas, como si quisiera comerse la lluvia. "¿Otra vez vas a intentar matarme?", murmuró Kris desde el suelo, mientras se apoyaba en la tierra lodosa para incorporarse. "¿Vas a matarnos a todos?".

–Otra vez… –repitió Denilson, sorprendido, como si aquellas palabras lo hubieran liberado del trance en el que se encontraba.

–Otra vez… –David se puso de pie de golpe.

–Me lanzaste al río. Sabías que yo no puedo nadar y por eso me empujaste… –Kris, quien nunca había mencionado aquel incidente, quien lo había ignorado, quien había aceptado la muerte de no ser por mí, su Alma, lo dijo, sentenciando a su amigo a un rechazo eterno.

–¡Hice… hice lo que cualquiera habría hecho! –exclamó Emanuel. El cabello le nubló la vista–. ¡Nadie quiere estar contigo, Morrison! ¡Eres estúpido y aburrido! ¡Todos te odian! ¡Hice lo que cualquiera habría hecho! ¡Cualquiera! ¡Lo hice porque tengo los huevos que a los demás les faltan, pero si los tuvieran, lo habrían hecho! ¡Hice lo que cualquiera habría hecho!

Denilson se paró frente a Kris como si fuese su escudo. David le siguió, como si fuera su espada.

Pedro hizo lo mismo, como si fuese su armadura.

Alejandro se incorporó, formando todos una barrera impenetrable.

–Hice lo que cualquiera habría hecho... –insistió Emanuel, con un tono que había caído tan bajo como su moral–. Cualquiera lo habría hecho... –insistió, con la voz despedazada y lágrimas que fluían por todo su rostro, como si fueran cascadas cuya presa se había roto, mientras escapaba de las miradas inquisidoras y se perdía en las veredas del parque, entre su llanto y la lluvia.

El grupo se giró para comprobar el estado de Kris, este al verlos a los ojos, sonrió como nunca lo había hecho antes, borboteando sangre y emanando amor. Para luego caer de espaldas, sumergiéndose en un sueño.

Nada parecía real.

19

Kris despertó en el hospital.

Lo primero que vio fue a mí, lo segundo, a su padre.

Le dijo que estaba bien.

Y que tenía algo que contarle.

Kris soltó toda la sopa.

Le dijo a su padre lo que había pasado aquel día en el río de aguas negras.

Y él, encendido como un demonio que había dormitado durante cien años y ahora liberado por un conjuro conjugado en una lengua muerta, hizo un escándalo de proporciones bíblicas: llamó a todos los padres de los amigos del niño. Estos estuvieron de acuerdo con él, y consideraron que lo mejor era que todo el grupo se disolviera por completo, así que pactaron no volver a dejar que sus hijos se vieran nunca más.

Emanuel y su hermano se mudaron a otra ciudad.

20

Parecía que en cualquier momento comenzaría a llover.
Hacía una brisa extraña, inconstante y blanda; un tenue
soplo susurrante que se mecía entre el horizonte adorme-
cido y el silencio, como pocas veces en La Tierra de Dios.
Yo estaba frente a la ventana abierta, lista para irme.
Kris, advirtiendo que algo sucedería, me preguntó si todo
estaba bien.
Me volteé para verlo a los ojos y le dije que sí, todo estaba
bien.
Pero que mi misión había terminado.
Y debía volver a Imaginaria.
Él, con el corazón agrietado, se acercó a mí y me tomó de
las manos, dijo que no podía dejarlo solo, que, si lo hacía,
era porque no lo quería.
Le dije que no era así.
Que, si me iba, era porque sabía que estaría bien sin mí.
Le dije que debía crecer y no podía estar atado a mí toda
la vida.
"Algún día tendrás una esposa, y si tienes suerte, será la
mitad de bonita que yo", bromeé, aunque a él no le hizo
ninguna gracia.
"Pero me dolerá muchísimo si te vas", dijo entre lágri-
mas.
Correspondí a su abrazo, estiré mis brazos y acaricié su
espalda. Su respiración olía a chocolate y su pelo a limón.
Esta es la última lección que te daré, mi dulce niño, lo
que estás sintiendo no es dolor, es amor.
Y es que te he abierto las puertas del amor, dulce, dulce
niño.
"Yo también siento mucho amor por ti. Abraza este amor
tan fuerte como a mí. Eres mi niño y yo viviré en tu alma.
Estaremos juntos por siempre. Es mi intento por mos-
trarte el camino que debes seguir".
Siempre serás mi niño, y yo, tu Alma, le dije mientras

desaparecía entre sus brazos.

Y cuando Kris fue consciente de mi ausencia, como despertando de un sueño, un débil sentimiento de soledad recorrió su piel.

SEGUNDA PARTE: TRISTÁN Y RAFAEL

21

Es como si nunca hubieran existido.
(No puedo sentir el calor de sus manos).
Los he visto desaparecer.
(Viven en mi imaginación).
Y me duele tanto.

Les daré un pedazo de mi alma.
Los llevaré a casa.
Les arrancaré las alas.
Y los pondré dentro de un cristal.
Porque debo cambiar esta realidad.
Porque ustedes son mi tristeza.

22

Parecía que en cualquier momento comenzaría a llover.
Hacía una brisa extraña, inconstante y blanda; un tenue
soplo susurrante que se mecía entre el crepúsculo y el
silencio.
Eduardo divisaba desde su ventana a la tarde escondién-
dose. La ciudad entera podía verse desde el balcón, nubes de olores se entremezclaban a cada segundo formando aromas nuevos que su nariz rápidamente olvidaría. Y
es que en aquel lugar nunca se había sentido en casa.
Eduardo tenía la rara sensación de que algunas personas
no eran reales, por ejemplo, el señor de la tienda (cuyo
nombre nunca memorizó) siempre estaba sentado en su
silla frente al mostrador rodeado de golosinas, jamás lo
hubiera imaginado yendo a un restaurante, o teniendo
hijos, o haciendo cualquier otra cosa que no fuera en su
puesto en la tienda. Eduardo jamás comentó nada al respecto a sus padres ni a su hermano, por supuesto, no era
algo sobre lo que tuviera duda, pues la convicción de la
existencia que había adoptado en su cabeza tenía todo el

sentido del mundo, y era indiscutible como la suma de uno más uno es dos, o el blanco de las nubes.

Otra cosa indiscutible era que el pequeño Eduardo había descubierto la tristeza muy temprano en su vida.

Tenía un hermano al que amaba muchísimo.

Un hermano que lo hacía muy feliz.

Pero que a la vez lo entristecía.

No él en sí, sino, lo que lo rodeaba, su vida. Siempre discutiendo con sus padres, siempre saliendo mal en sus clases, llorando todo el tiempo, fingiendo sonrisas, llegando borracho a casa y siendo golpeado por su padre para intentar enderezar su camino.

Y aquella tarde nublada, el pequeño Eduardo se preguntó con cierto temor, porque sabía que no debería hacerse esas preguntas, igual se lo preguntó, ¿Cómo sería estar dentro de la cabeza de su hermano mayor? ¿Qué siente?

¿Hará frío en su corazón?

¿Hablará solo?

¿Se contará mentiras?

¿Se perderá en un infinito espacio de reflejos?

¿Soñará con el futuro?

¿Cantará en verano canciones de invierno?

¿SERÁ SU MENTE UNA OSCURA PRADERA DE HELECHOS MARCHITOS?

No eran las palabras exactas que se formaron en su mente, porque Eduardo todavía era un niño pequeño en aquellos días, aun así, no eran tan distantes, pues el niño tenía pensamientos maduros sobre la tristeza, al cabo, era algo con lo que había aprendido a convivir, no le molestaba, por supuesto, no conocía otra cosa. Para Eduardo Acevedo la tristeza era algo que formaba parte de su alma, como ese dulce amargo que siempre traen las piñatas, es imposible recoger dulces sin que uno del montón este amargo o desabrido. Dulce es dulce, y por amargo que este sea, lo saboreamos hasta que se diluya con nuestra saliva. La tristeza era algo parecido, con el detalle que, si en términos de dulces hablamos, sería un chicle que podía masticarse por siempre, sin perder el espesor de su amargo sabor a tristeza.

El hermano de Eduardo, como si lo hubiera invocado con el pensamiento, entró a la casa en aquel momento. Como era típico de él, vestía solo prendas negras y traía puesto un extraño sombrero. Eduardo lo recibió con una sonrisa, era su hermano mayor con el que jugaba, platicaba hasta la madrugada y soñaba algún día ser tan alto como él.

El hermano de Eduardo tenía un temple sereno, como si estuviera aburrido de discutir con la vida, resignado, por fin, a que debía cambiar.

—¿Vamos a dar una vuelta en el carro, hermanito? —le preguntó Salvador, su hermano mayor, con un tono dócil, que hacía cuando quería que la respuesta fuera un sí.

—¡Sí! —exclamó el pequeño Eduardo.

El hermano fue directo a la habitación de sus padres, sabía perfectamente el escondite de la llave del viejo Peugeot del padre, y aquel era el día perfecto para, por fin, "encontrarla".

Una vez dentro del carro, Salvador, sin volver la mirada hacia Eduardo, dijo:

—¿Confías en mí, Eduardito? —el volante crujió entre sus dedos, pero el niño no lo notó.

—¡Sip!

—Eres el niño más dulce que he conocido —el hermano mayor revolvió el pelo de su hermanito.

En el camino el hermano mayor se la pasó recordando buenos momentos, como la vez que fueron a la playa y se encontraron a las orillas del mar, un grupo de tortugas recién salidas de sus huevos, arrastrándose hacia el agua. O la vez en que se fue la luz en casa y, como era un día de lluvias torrenciales todos se quedaron en casa y para no aburrirse contaron historias, para luego jugar a las escondidas, como si fueran una familia normal y feliz. O la vez en que fueron a un restaurante, el hermano mayor llamó a un mesero para que le cantaran a Eduardo la canción de feliz cumpleaños y, cuando los trabajadores comenzaron a corear la canción, las demás familias y parejas en el restaurante les siguieron. Esos y muchos otros recuerdos que tenían espacio en un rincón idílico de la mente de Eduardo, rincón que a veces visitaba cuando se aburría de mascar su chicle infinito de tristeza.

Cuando dejaron la ciudad atrás, el hermano mayor, por inercia o antaño, por la nostalgia que le despertaban los prados verdes y los árboles cuyas ramas se precipitan sobre la carretera formando túneles de hojas, habló sobre la vida. Sobre su vida. Sobre las novias que más amó, sobre los maestros que más admiró y sobre lo incomprendido que se sentía por las personas, especialmente por su madre.

Cayó la noche sobre sus hombros.

Y el hermano mayor comenzó a hablar sobre la tristeza.

Un tema que nunca antes había tocado, pero que a Eduardo le pareció familiar, al cabo, era algo que anunciaba su hermano con su sola presencia, pues en su voz, gestos y, en fin, en cualquier medio de expresión que hiciere, siempre había un destello de tristeza que se cernía sobre su existencia. Su hermano mayor le dijo que nunca debía confiar en nadie, que todos querían hacerle daño, que mamá y papá eran, en realidad, monstruos con máscaras de padres, para darse a entender le dijo que quizá sus verdaderos padres habían sido asesinados por estos monstruos y, para engañar al mundo, se disfrazaron con sus pieles. Nunca debía dejarse envolver en el calor de nadie, DE NADIE, debía cerrar las puertas de su corazón con un candado enorme, tan grande como la luna. "Alguien en este momento está pensando en destruirte", murmuró su hermano mayor como si estuviere recitando un conjuro. "Las lenguas de las personas se enredan como si fueran las cuerdas de una red infinita de mentiras. ¡Hay que robarle la verdad a la vida!... debes... debes depurar este mundo lleno de odio, hermanito".

—Me estás asustando... —dijo Eduardo con la voz temblorosa.

Salvador bajó la velocidad cuando se aproximaron al puente.

—Sí... lo siento, Eduardito —el hermano mayor exhaló—. Es solo que... bueno, es el final. Ya no aguanto. Creí que iba a poder, pero no. En serio, creí que podría salvarte. Pero si sigo con esto, acabaré convirtiéndome en eso de lo que te trato de proteger.

—¡No estoy entendiendo nada, por favor, para ya! —lágrimas se asomaron en los ojos del dulce Eduardo.

Y es que su hermano mayor no sabía cómo hablarle. No quería mentirle porque era el final, aun sabiendo que marcaría su vida con lo que estaba a punto de pasar.

—La verdad, Eduardo... la verdad es que tengo un problema. Hay algo malo, muy malo dentro de mi mente —el hermano mayor se estacionó en las inmediaciones del puente. Ambos percibieron el ruido atronador del río devorador debajo de ellos—. Quizá nuestros padres tengan a veces la razón... pero es que los sentimientos pesan tanto... tanto que no puedo más. —el hermano mayor clavó su triste mirada sobre Eduardo. Se acurrucó en su asiento, abrazando sus piernas y habló con el tono más fúnebre que nunca antes volvería a escuchar Eduardo en otra persona, salvo en sí mismo, susurrando, lamentándose y despidiéndose, con un rostro que denotaba la guerra interna entre su cansado corazón y su imaginación corrompida—. Siento que en cualquier momento voy a... voy a estallar. Siento mucho asustarte, en serio, no es lo que quiero, y no es lo que deseo que pienses sobre mí, pero es que tengo tanto miedo. Todo es tan pesado... y quería salvarte de esto que me está consumiendo, hermanito, pero no puedo. No debo. Estoy convirtiéndome en un monstruo, Eduardo. Lo siento. Siento como la maldad fluye por mis venas, siento como surge desde mi interior y toma forma. Tengo miedo, mucho miedo. Sé que encontrarás la verdad y que sabrás que hacer con ella. Perdonar o destruir el mundo serán tus opciones... es curioso que, en el momento más oscuro de mi vida, todo es tan claro. Te quiero, Eduardito —el hermano mayor abrió la puerta del auto y, mientras bajaba, dijo sus últimas palabras—, intenta ser feliz.

El hermano mayor de Eduardo se lanzó al río sin mirar atrás.

Desapareciendo como una mariposa que entra en un bosque.

Como los pétalos de una rosa moribunda.

Como la noche que besa al amanecer.

Como la estrella que deja de brillar.

Como el corazón que deja de latir.

Como las lágrimas del rocío.

Como el llanto de un violín.

Y solo quedó el vacío.

Y una imaginación corrompida.

23

Eduardo estaba en el barandal del puente llamando a gritos a su hermano mayor y haciendo ademanes de lanzarse al río.

¿Cómo es que todo había escalado hasta ese nivel? Sabía que su hermano era una persona rara, pero nunca lo creyó capaz de algo así. En su mente, se dirigían hacia alguna heladería o parque, para charlar de cualquier cosa mientras veían a la luna y las estrellas, como acostumbraban. Su padre lo llamaría por teléfono, furioso por haber agarrado el carro sin permiso, sin embargo, su hermano mayor no contestaría la llamada y seguirían hablando sobre el día en el que perdió la virginidad, esa historia era muy buena y a Eduardo le gustaba que se la contara siempre porque su hermano cambiaba ciertos detalles que le hacían pensar que era mentira, o que en realidad, nada ocurrió de esa manera y que solo reinventa su mentira para tener algo que contarle a su hermanito que sería capaz de ponerle atención hasta a la hierba creciendo si es que su hermano narrase el desarrollo de las plantas.

Eduardo estaba llorando como nunca antes, viendo fijamente hacía un vacío tan grande como su tristeza. A penas podía ver el reflejo de la luna, apenas podía escuchar sus pensamientos porque el ruido del río también estaba en su cabeza, apenas podía sostener su cuerpo porque quería seguir a su hermano mayor.

"Baja de ahí, niño, vas a hacerte daño", Eduardo escuchó una voz que heló todas sus intenciones. "No vas a saltar, no quieres, más bien, no tienes el valor, pero te puedes resbalar si no te quitas".

La voz provenía de un niño que levitaba sobre río.

Y lo veía fijamente con los brazos cruzados.

Aquel niño se veía un poco mayor que Eduardo, era pálido como los claveles, con unos ojos tan brillantes como las estrellas, vestido como cualquier niño, con zapatillas grises, camisa blanca con rayas negras y pantalones azulados, y un sombrero tan negro como la noche, parecido al de su hermano.

Eduardo caminó de espaldas hasta que se resbaló.

—No tengas miedo, niño. Mírame bien, también soy un niño —dijo el niño con el sombrero negro mientras levitaba lentamente hasta pararse sobre el barandal.

—Los… lo-los ni-niños no vue-vue-vuelan —tartamudeó Eduardo mientras intentaba procesar lo que estaba sucediendo.

—Lo sé, niño, lo sé. Pero yo no soy un niño cualquiera. Soy Tristán, el conquistador de Imaginaria.

—¿Imagi-imagi qué?

—Imaginaria —el niño del sombrero negro se sentó sobre la baranda y cruzó las piernas como si estuviera en una conversación cualquiera–, el mundo que conquisté hace mucho tiempo.

–No... ¡No! –Eduardo se revolvió el pelo y cerró los ojos–. ¡Qué está pasando!

–Pasa que me he aburrido de mi mundo, he venido al tuyo y nos hemos encontrado.

–¡Eres un demonio! ¡no puedes ser un niño! ¡Devuélveme el sombrero de mi hermano!

–Soy un niño, igual que tú. Somos casi iguales. Lo que me hace diferente es precisamente este sombrero, el cual, por el momento no puedo entregarte, pero lo haré, sí, aunque no sea el mismo que el de tu hermano, te lo daré cuando estes listo. Tengo fe en ti.

Eduardo nadaba en la acuosidad fluctuante de su propia imaginación como el moribundo que nada en su propia sangre después de haber sido tiroteado, por decirlo de alguna manera. Cientos de ideas se arremolinaban en su cabeza y fuera de ella.

–Estoy aburrido, lo confieso –el niño de sombrero negro se sentó en el suelo–, por eso quiero ayudarte.

–¿Ayudarme...?

–Ayudarte, sí, puedo ayudarte a conseguir la verdad –el niño de sombrero negro se incorporó–. Escuché todo lo que dijo tu hermano, Eduardo, y sé a qué se refería.

–La verdad... –repitió con incredulidad.

–No estás listo para la verdad, Eduardo.

Las sirenas de autos de policías anunciaban su pronta llegada.

–Es un gusto conocerte, Eduardo. Te he observado desde hace un tiempo... el detalle es que no sabía cómo acercarme, pero cuando te vi gritando desde el barandal, supe que era el momento indicado.

–Tris-tris...

–Tranquilo, Eduardo, sé cómo te sientes. No te esfuerces.

Eduardo volvió su mirada hacia las luces que se acercaban y su mente se perdió en su brillo.

24

Los padres de Eduardo se divorciaron al poco tiempo del suicidio de Salvador.
Y Eduardo se quedó con su padre en la casa, su madre se mudó a otro lado porque quería estar sola en todos los sentidos.
Al principio la visitaba los sábados, pero un día ya no la encontraron en su casa.
Y fue como si se la tragara la tierra.
Pero tanto padre como hijo sabían que era lo que ella quería.
Sabían que no quería ser encontrada.
Eduardo se acostumbró a no ver a su madre, al cabo, el sentimiento de vacío y ausencia era algo que siempre había tenido en el corazón.
Para su padre no fue tan fácil, no estaba listo para ver a su familia completamente destruida, y bueno, nadie lo está, pero al menos Eduardo tenía a Tristán, él a nadie.
Con los años Eduardo comenzó a ver a Tristán como parte de él, es decir, como si fuera una extensión de sí mismo, una voz acompañante a la de su consciencia, un conjunto de ideas externas que contrastaban con las internas y juntas formaban un mapa imaginario de designios y juicios.
Un día a su padre se le ocurrió que, para sacudir el aura de tristeza que siempre había imperado silenciosa desde que todo se fue a la mierda, era buena idea irse de vacaciones, a un lugar lejano, un lugar con una bonita playa, con gente alegre y paisajes hermosos, así que buscó ese lugar en internet, y encontró uno bastante cercano al concepto que había imaginado.

25

Eduardo y su padre iban de camino hacia sus vacaciones. Eduardo no estaba del todo seguro si quería o no ir. Pero estaba aburrido de ver las caras largas de su padre, su debilidad. Su padre era un militar retirado sobre el cual pesaban ya sesenta años, pero que guarda cierta jovialidad en sus expresiones que últimamente habían sido de derrota, por eso Eduardo no se rehusó y aceptó la invitación con una enorme sonrisa falsa.

Corrían los vientos de octubre, todo mundo estaba de vacaciones, habría muchas personas en aquel lugar, las filas de autos serían casi infinitas y la comida del camino sería una mierda, pero al menos Tristán estaría en el asiento trasero contando chistes sobre el padre de Eduardo y sobre el viejo Peugeot (pues en el divorcio, los padres acordaron que la madre se quedaría con la camioneta). El Peugeot no le traía los recuerdos más gratos, pero sentía que había superado esa etapa, con el tiempo aceptó que su hermano estaba loco, necesitaba ayuda, y no la buscó a tiempo, por eso hizo lo que hizo, y, a pesar de haber destrozado a su familia, no lo odiaba, lo amaba, lo recordaba con cariño, como un hermano raro, buena persona... pero con un secreto que se llevó a la tumba. Esta es solo una manera de hablar, porque el cuerpo del hermano de Eduardo nunca fue puesto en una caja, no encontraron su cadáver.

Cuando se aproximaron al puente, Eduardo tuvo un leve retorcijón en el estómago. Ese camino era el mismo que había recorrido con su hermano. No habían atravesado el puente, no llegaron nunca al otro lado, pero ahora lo haría. "¡Hay que robarle la verdad a la vida!", dijo su hermano en envuelto en velos de enigmas. ¿En aquel lugar estaría la verdad?, se preguntó, ¿Una verdad que no he buscado, una verdad que no me ha importado?

Tristán rio desde el asiento trasero y dijo, como leyéndole

la mente de Ed:

—O una verdad de la que has estado huyendo, niño.

—¿A dónde vamos, papá? —preguntó Eduardo, que de pronto sentía mucha curiosidad por el lugar donde pasarían las vacaciones.

—Ah... es una ciudad hermosa. Llena de árboles, luces y gente alegre. Una vez fuimos con tu madre, tu hermano era solo un bebé y tú no estabas ni en nuestros sueños, hijo. Pero creo que será un poco distinta a como la recuerdo. —El padre volvió la mirada hacia su hijo y agregó, esbozando una sonrisa llena de misterio—: Ahora es mejor.

"Debes restaurar el mundo, hermanito", las palabras que le dijo su hermano antes de morir saltaban en su cabeza como una bolsa de canicas que se rompe y todas brincan sin control. Revivir su recuerdo era algo recurrente, no dolía, por supuesto, pero tampoco era agradable.

—No me dijiste el nombre del lugar, papá.

—Sí, porque es una sorpresa. Más tarde me lo agradecerás.

—Pero yo quiero saber a dónde vamos —insistió Eduardo.

—No importa, hijo, dormite un rato. Cuando despiertes, estarás dentro del cristal. Es el primer paso para encontrar la verdad.

—¿Cómo así? ¿Qué cristal?

—No he hablado de cristales, mijo. Vamos a un bonito lugar, eso tienes que saber. Te dije que te duermas.

Eduardo jaló la palanca de su asiento para poder reclinarlo hacia atrás. "Auch", exclamó Tristán, sintiéndose acosado por el poco espacio que había en el asiento trasero. A Eduardo se le escapó una risita burlona que se diluyó rápidamente como el aire que se escapa de un globo. Hacía mucho frío y la vista a la carretera le daba dolor de cabeza, pero con los ojos cerrados, acurrucado entre su suéter y sus pensamientos, se dejó arrastrar por un sueño. En el sueño de Eduardo no había nada más que ruido.

El ruido de un río.
Un río con la forma de la noche.
De aguas tan negras como un abismo.
Aguas negras que lo arrastraban.

26

Gotas de lluvia cayeron sobre el rostro de Eduardo con la misma delicadeza que un llanto primaveral, ese que dejan caer las flores cuando se abren ante el rugido del amanecer, llenas de ternura, miel y tristeza.
Eduardo movió los parpados.
Todo estaba oscuro.
El ruido de los diluvios de sus sueños fue aliviándose, remplazado por el sonido del viento que silbaba en su oído una melodía umbrosa.
Eduardo despertaba mientras se estremecía por el frío.
Se sentía tan tieso como un bloque de hielo.
Y tan frágil como un soplido.
Un ave graznó en la lejanía.
Una nube de hojas húmedas lo sobrevoló, danzando en la corriente del viento.
Eduardo abrió los ojos. Sus pupilas se dilataron ante la contemplación de las sombras que se cernían sobre sus pensamientos.
Eduardo estaba en la entrada de lo que parecía un bosque, rodeado de árboles y aromas húmedos, a unos metros de él, el Peugeot, volcado en la orilla de la carretera.
Eduardo se incorporó de golpe, todas las fibras de su cuerpo estaban estimuladas por una creciente incertidumbre que mordía las nubes de ideas que flotaban en su mente.
Corrió hacia el viejo auto. El joven se arrodilló para examinar el interior del vehículo, llamó a su padre, pero este no estaba por ninguna parte.
Cayó en la cuenta de que Tristán también había desapa-

recido.

Hacía mucho tiempo que no estaba completamente solo.

Y la incertidumbre se trasformó poco a poco en una emoción apaciguada y condescendiente, en sentimiento de ausencia que trituraba su cordura.

Y entre las cenizas de su juicio, se desmoronó. Su corazón palpitaba como si fuese el motor de un avión. Sus ojos giraban como un carrusel, su percepción de la distancia lo hizo resbalar un par de veces mientras intentaba ponerse de pie, pues todo lo miraba más cerca, sentía que en cualquier momento tropezaría con el horizonte.

Pero aquel estado alterado solo duró unos minutos.

Una vez recuperado de la conmoción, se irguió e intentó analizar su situación.

Tuvieron un accidente.

Y su padre lo había salvado, arrastrándolo hacia la arboleda.

Y fue en busca de ayuda.

Sí, no podía ser de otra manera.

Eduardo agudizó la mirada para divisar el camino. Una tenue neblina envolvía la distancia. Aun así, sabía que no estaba lejos de la ciudad, después de todo, a un lado del Peugeot había una valla publicitaria (que no había notado por la conmoción), y esta decía: "Bienvenidos a la tierra de Dios".

27

Eduardo caminó por la orilla de la carretera bajo una leve llovizna durante cuarenta minutos. No dejaba de pensar en Tristán. Su padre fue por ayuda, lo encontraría en alguna gasolinera o cualquier lugar donde hubiese personas, ¿Pero Tristán? ¡No podía escaparse de su cabeza! Luego pensó que quizá se dio un golpe en la cabeza y los tornillos flojos de su imaginación se apretaron y de pronto ya no había espacio para ideas tontas como lo son los amigos imaginarios.

Es parte de crecer, pensó Eduardo.

Tristán no era real, podía irse en cualquier momento, de hecho, siempre tuvo presente que algún día se iría, solo no sabía cuándo ocurriría. Si bien, lo extrañaría, pues era como despedirse de un dedo, o, más bien, un brazo, algo arraigado a su propia existencia, sabía que no era del todo malo que se fuera de una vez. Su hermano estaba loco y no podía permitirse ser igual.

Hacía un frío terrible y pronto anochecería, la carretera estaba completamente vacía. Los árboles susurraban y casi parecía que lo hacían con consciencia, pues sus formaciones extrañas bajo las sombras en movimiento daban una ligera similitud a rostros tristes, burlones y enojados.

No había nada.

No había nadie.

Su mundo se había vaciado después de un sueño.

Y ya no había nada en su cabeza ni en su realidad.

Eduardo tenía miedo.

Su mirada vigilante giraba en todas las direcciones, pues a cada instante le parecía escuchar alguna voz o presentía los movimientos de alguien que le seguía.

Quería detenerse, pero si su padre se tardaba, la noche lo alcanzaría en aquel lugar que de por sí, ya era detrítico de día.

Después de un rato andando, se encontró con los primeros indicios de civilización. La entrada a una colonia, la garita de un predio, una gasolinera y un hotel. Eduardo exhaló latosamente, liberando presión que se había acumulado en su pecho fruto de todas las emociones por las que había alternado en tan poco tiempo. Se acercó a la garita del predio para ver si alguien podía ayudarle, con que un guardia le prestara su teléfono para hacer una llamada era suficiente, llamaría a su padre, y si no contestaba, a la policía, estos lo encontrarían, quizá en algún hospital. Pero cuando llamó a la puerta nadie salió, intentó llamar la atención de una cámara de seguridad que le seguía con el lente, pero nadie atendió.

Los portones de la entrada de la colonia estaban cerrados con un enorme candado y la gasolinera estaba completamente fantasma.

No había nadie.

Eduardo llamó a su padre a gritos mientras seguía caminando en línea recta, seguramente su padre se había encontrado con la misma imagen de desolación y continuó su camino en busca de ayuda.

28

Eduardo estaba totalmente molido. Había caminado durante dos horas y la noche ya se precipitaba sobre él. Llegó hasta una bifurcación de caminos en la que unos rótulos anunciaron que uno daba hacia una de las aldeas y el otro hacia el centro de la ciudad. Eduardo agudizó la vista y percibió locales y lo que parecía un enorme estacionamiento, era un centro comercial. Pero no había nadie. Eduardo gritó "Papá", pero ulterior a este, el silbido sepulcral del viento dominaba el ambiente.

Oscurecía y la niebla se hacía cada vez más espesa, tanto que Eduardo no podía ver sus pies. Después de un rato caminando en círculos, Eduardo advirtió algo que hizo que los últimos pedazos que le quedaban de cordura se quebrantaran. El vapor salía a través de unas incisiones que estaban entre la bifurcación. Dio un paso en falso hacia uno de esas grietas casi invisibles y por poco cae en el vacío. Eduardo se sentó en el asfalto y abrazó sus rodillas, pasó sus dedos lentamente sobre el frío vapor y se llevó las manos a la cara. Aquello era una locura, debía ser una pesadilla, sí, estaba dormido, no había otra opción, nunca despertó, seguramente seguía durmiente en el asiento del copiloto del viejo Peugeot dorado de su padre.

Ráfagas de tristeza hicieron estremecer su corazón.

Soplidos de dolor alteraron su mente y sus sienes palpitaban violentamente.

El viento soplaba, como guiándolo al interior de las grietas, hacia abismo.

Todo era como un sueño.

Un palacio inmedible de sombras se formó alrededor de Eduardo Acevedo y los horizontes del mundo desaparecieron. Eduardo era la última voz de un mundo que, cansado de su tristeza, murió ahogado en la serena quietud de un brillante diluvio de sueños de locura.

Las incisiones se agrietaron más y más, y advirtiendo el mal de la naturaleza de aquella ciudad, Eduardo, en un breve destello de esperanza, saltó sobre las grietas antes que se formara el agujero, pero solo logró sostenerse del borde con una mano. Su cuerpo estaba en el abismo, pero su mirada estaba clavada en un cielo en el que las estrellas eran ilegibles pues se habían fundido en la nubosidad, formando una imagen deleznable, eran pequeñas gotitas en las que se reflejaban sus memorias, recuerdos de lentas horas de risas y lloros, de gritos y canciones, de atardeceres llanos y noches mudas, toda una atmosfera sin ningún color ni sustancia ni gracia, como si toda su vida hubiese transcurrido dentro de un cristal de tristeza. Una luz lo cegó, por un momento pensó que estaba muerto y que era el haz de un ángel o demonio, pero a la luz le siguió la voz de un niño y a la voz, una mano amiga que se extendió para sujetarlo de la capucha de su suéter y sacarlo del abismo.

—Tienes que tener cuidado —dijo el niño mientras apuntaba al suelo con su linterna, alumbrando a las grietas—. Este lugar se está rompiendo...

Eduardo intentaba incorporarse, pero le temblaban los brazos y las piernas, así que se sentó, cabizbajo, y escuchó atentamente al niño.

–Está perdido ¿no es cierto? Lo entiendo, yo también lo estoy –el niño rio tiernamente. Allá donde apuntara con la luz de su linterna, la niebla rehuía–. De alguna forma todos lo estamos, por eso se está rompiendo la ciudad.

–Yo... no te... entiendo...

El niño apuntó la luz de su linterna hacia la cara de Eduardo.

–Mi nombre es Kris. ¿Usted cómo se llama, señor?

–Eduardo.

–Ah. Ya. Bueno, Eduardo, si nos quedamos aquí, la noche nos tragará. Tenemos que ir hacia allá y estaremos a salvo –Kris apuntó la luz de su linterna hacia el centro comercial.

–¿Qué diablos pasa con este lugar? –inquirió Eduardo, casi en susurros, como si se lo estuviera preguntando a sí mismo.

–Ya le dije, se está rompiendo –respondió Kris como si estuviera hablando de lo más normal del mundo–. Ahora levantase y camine detrás de mí. La luz nos mostrará por donde ir.

Eduardo se levantó con esfuerzo. Las piernas le seguían temblando y sus sienes palpitaban como si su cabeza fuera a explotar en cualquier momento.

Kris atravesó una pequeña arboleada que había en las inmediaciones de la bifurcación. Eduardo creyó ver una lápida, pero no mencionó nada. Kris lo guio hacia una entrada alternativa, se trataba de una barra malpuesta que simplemente levantó y entró. La mantuvo sujeta para que Eduardo pasara. En el estacionamiento fantasma se arremolinaban olores húmedos.

–Por aquí –Kris apuntó con la luz de su linterna hacia un cristal a través del cual se veía una silueta extraña. El niño empujó el cristal por un lado y este se movió.

Kris y Eduardo estaban en una tienda de ropa casual, un aparato de sonido reproducía una melodía electrónica con bajo volumen. Eduardo dejó de temblar, pues dentro de aquel lugar abrazó el calor que le faltaba y sus músculos por fin se relajaron.

—¿A dónde se fue todo el mundo? —preguntó Eduardo mientras cruzaban un pasillo lleno de corbatas y sombreros, Kris marcaba el camino con la luz de su linterna.

—Están de vacaciones, ¿No se ha dado cuenta que estamos en octubre? ¡Todo mundo está de vacaciones! No hay nadie.

Eduardo desde niño adquirió la extraña concepción que el rol que desempeñaban las personas en sus labores debía seguirse a rajatabla, como si fueran los personajes de una historia que no pueden escapar de las dimensiones que el autor establece, rol que se le atribuye a Dios, por eso le resultó extremadamente extraño que Kris hablara de vacaciones para gente que siempre debía estar allí, aunque con otros rostros, siempre en su puesto, tal como los maniquíes que los acosaban.

—Debería haber alguien... guardias, al menos.

—Las vacaciones son para todos, mi papá una vez me dijo que eso está en la ley.

Eduardo recordó porqué estaba en aquel lugar y no pudo evitar preguntar:

—¿Aparte de mí, has visto hoy a alguien más? Estoy buscando a mí papá, tuvimos un accidente en la carretera y nos separamos.

—Usted es la primera persona que veo desde que comenzaron las vacaciones.

—¿Qué? ¿Y tus padres? ¿En dónde están?

—De vacaciones —dijo Kris y agregó en un tono melancólico—: Ellos siempre han estado de vacaciones.

—Eso es muy raro...

—No, ellos merecen sus vacaciones. Yo me las puedo arreglar, mi hermana mayor me enseñó a estar solo.

—¿Y ella en dónde está? —inquirió con ironía—. ¿De vacaciones también?

—Desapareció hace mucho tiempo.

Eduardo se detuvo en seco y después de unos segundos de reflexión, comentó:

–No... no quería ofender.

–No importa. Ella me enseñó a amar y estar solo. Oh, y a perdonar, y ayudar, y muchas cosas más. Todo lo que el dolor pude enseñar.

–Mi hermano mayor también desapareció.

–¿Y su hermano le enseñó a estar solo? –Kris se dio la vuelta y apuntó con la luz de su linterna hacia la cara de Eduardo.

–Él... –Eduardo se cubrió la cara con una mano para protegerse de la luz cegadora– No quiero hablar sobre eso.

Gracias al haz de luz de Kris, Eduardo pudo reparar en las siluetas a su alrededor, eran maniquíes, como bien lo había advertido en primera instancia, pero su textura estaba ennegrecida, como si alguien los hubiera bañado con fuego.

29

En las paredes de un pasillo que conectaba con los comedores se extendían luces de neón verdes y moradas. Los arcades emitían sus peculiares sonidos de videojuegos. El olor a mantequilla los acometió como las olas acometen a los náufragos en el mar. Los restaurantes de comida rápida exhibían en sus mostradores sus comidas (churros, hamburguesas, pizzas, etcétera).

–¿Por qué está encendido si no hay nadie? –inquirió Eduardo, un tanto más relajado, con las alteraciones sacudidas y su mente interpretando aquello como si fuera un sueño.

Kris se dio la vuelta y le apuntó a la cara con la luz de su linterna.

–No sé– rio y encogió los hombros.

–Esto es estúpido.

(Quiero despertar ya), pensó.

Pasaron cerca de una tienda de juguetes, una muñeca llamó la atención de Kris y este la apuntó con la luz de su linterna.

—¡Mirá! Esa se parece a mí hermana.

Era una muñeca con el cabello lacio, con una blusa blanca y una mini falda morada con tirantes. Su mirada transmitía tranquilidad.

—Es muy linda —comentó Eduardo con poco interés.

Pasarón al lado de un jardín con flores plásticas y Kris dio vueltas con un pie mientras le decía a Eduardo: "Mirá, mirá lo que puedo hacer".

Eduardo se preguntó cómo es que aquel niño podía manifestar esa alegría en medio del fin del mundo. Era un sueño sobre el apocalipsis, quizá una premonición de algo que pasaría en quinientos años si la gente no le pone atención al cambio climático, pero incluso en ese contexto onírico, el niño debería estar temblando, llorando, buscando refugiarse en las faldas de su madre.

Kris apuntó a Eduardo con la luz de su linterna y la meneó en círculos.

—Ya no sigas con eso —Eduardo se ocultó detrás de una palmera de plástico.

Kris le siguió con la luz, rodeando a la palmera, pero Eduardo se deslizó lentamente hacia otra. El niño reía y Eduardo, sin darse cuenta, también.

30

Eduardo estaba convencido de que estaba en un sueño, por eso no estaba Tristán, se imaginó a sí mismo durmiendo en el asiento del copiloto, con la boca medio abierta y a Tristán reclinado sobre su cabeza con una línea de saliva que dejaría caer sobre la frente de Eduardo si este no se despertaba.

Eduardo quiso hacerle un par de preguntas a aquel niño de su sueño para tener de que hablar con Tristán cuando despertara.

—¿Todos los días son así en este lugar? —Eduardo y Kris subían por las escaleras hacia el segundo nivel del centro.

—Más o menos —respondió tajante sin volver la mirada hacia Eduardo.

—¿Y cuánto llevas perdido?

—Hum… —murmuró Kris, pensativo. Agregó—: desde que todo comenzó a romperse.

—¿Y eso cuando fue?

Kris levantó los hombros e hizo una mueca con los labios, dando a entender que no sabía la respuesta.

—Sabes, Kris, mi familia se "rompió", como dices, cuando mi hermano desapreció —Eduardo se metió las manos en los bolsillos y giró su mirada a los rincones de su alrededor, decenas de tiendas los rodeaban con escaparates que decían todo tipo de cosas como: "Dulces María", "Joyería Fabiola", "Pasteles Diana", etcétera.

—Oh… ¿y cómo era él?

—Era alto, así como yo lo soy ahora —Eduardo suspiró—, tenía el cabello alborotado… le gustaba la música rara, la ruidosa. Recuerdo que compartimos habitación durante un tiempo, él ponía su música y no dejaba que me concentrara en nada.

—Pero lo quería ¿verdad?

—Él era mi corazón, Kris.

—Mi hermana también era un poco rara. Siempre decía que yo era un dulce niño. Me daba risa porque cuando me decía eso yo me lamía las manos y le decía: "¡Mentira, yo no tengo sabor!" —el niño lo dijo entre risas y se lamió los dedos para ser más grafico con su historia.

—Cuando estábamos juntos, yo podía volar.

—Guau, ¿en serio volabas?

—Sí, él me tomaba por la cintura y levantaba por encima de su cabeza. Yo cerraba los ojos y abría los brazos y sentía que estaba volando.

—Suena increíble. Mi hermana no habría podido levantarme.

—Yo siempre tuve la idea de querer seguir a mi hermano.

—¿Seguirlo a dónde?

—No sé, a donde quiera que este. A veces siento que me está esperando bajo el mar. Quisiera abrazarlo y decirle que no fue su culpa, que no hizo nada malo, que todo estará bien a partir de ahora, aunque no fuera verdad.

—¿Se siente muy triste, Eduardo?

—Es inevitable. Y si tú querías a tu hermana, también te deberías de sentir así.

—¿Yo? —dijo Kris apuntándose a sí mismo con su índice y con la otra mano encendiendo y apagando la linterna rápidamente—. Yo no me siento triste. Sé que volveré a sentirla.

—Ojalá, Kris.

—Mi corazón está roto, pero mis sueños no.

—¿Qué dijiste? —inquirió Eduardo que no terminaba de comprender lo que había escuchado.

—Dije que usted tiene cara de aborto —Kris iluminó el rostro de Eduardo con la luz de su linterna e hizo círculos mientras hacía voces graciosas.

31

—¿Alguna vez has tenido novia, Kris? —habían entrado a un tramo oscuro en el que había una decena de sillas.

—Na-ah… soy un niño y los niños no pensamos en esas cosas. La única niña con la que hablo es con Alma, y es mi hermana mayor.

—No necesariamente es por ser un niño. Yo tengo quince y tampoco he tenido.

—Es porque eres feo. Mira —Kris apuntó a Eduardo con la luz de su linterna, cosa que ya comenzaba a cansar a Eduardo—, en mi caso no es por eso, es porque soy un niño —recalcó.

—La verdad nunca he pensado en eso. Creo que es porque

estoy acostumbrado a estar solo.

—Ah... ¿eso significa que no tiene amigos?

—Claro que sí, tengo uno, su nombre es Tristán.

—Ah. Ya. Está bien. Supongo que los feos pueden tener amigos.

—No parece que tengas muchos, la verdad.

—¡Los tengo!... aunque tienen prohibido hablar conmigo.

—Seguramente se los prohibieron porque eres feo y se los puedes pegar.

Kris rio a carcajadas.

—No. No. Hubo una pelea, ah... si lo hubieras visto. Alma lo vio. Alguien estaba muy enojado conmigo y, y, uff... todos me defendieron, se pusieron de mi lado.

—¿Y luego?

—Mi padre armó un escándalo y nos separaron a todos. Pero no importa, mi hermana mayor me preparó para estar solo. Alma decía que en mi mente encontraría un poco de amor.

Kris y Eduardo llegaron a la entrada del supermercado.

32

Aquel lugar repleto de comidas y chunches era un faro en medio de tanto caos. Los refrigeradores estaban atestados de bebidas y helados, Kris abrió uno y sacó un recipiente de helado de limón.

—El de limón es mi favorito —dijo—. Alma siempre decía que mi pelo huele a limón, pero no es cierto, creo.

—También me gusta... ¿pero esto no es robar?

—Nah. Algún día lo pagaremos —Kris abrió el recipiente y sumergió su dedo en la dulce superficie.

—¿Y cuándo exactamente?

—Cuando seamos adultos y trabajemos. Tendremos muchísimo dinero y podremos pagar todo lo que nos vamos a comer ahora.

Eduardo dejó escapar una leve risa.

—No creo que importe —Comentó Eduardo, convencido de que aquello no era más que un sueño, y que era permitido tomar aquello, pues se elaboró en algún almacén del lado oscuro de su imaginación.

—Quiero este —dijo Eduardo mientras tomaba un recipiente de helado de fresa. Lo abrió y el olor a fresas azucaradas hizo estremecer sus sentidos.

Kris y Eduardo comieron helado, chetos y salchichas mientras conversaron sobre cualquier cosa. A Eduardo le llamaban la atención las respuestas de Kris, si bien este era un niño, no parecía tener una percepción adecuada sobre las cosas, era como si fuera menor de lo que aparentaba, o peor aún, como si tuviera un problema, un tornillo flojo en su cabeza. Aunque quién era Eduardo para juzgar la salud mental de otro, si arrastraba desde la infancia a su amigo imaginario.

Kris guio a Eduardo a una parte del super mercado en la que había una piscina de osos de peluche enormes.

—Dormiremos aquí, en los osos.

—¿No sería mejor idea ir a alguna tienda de muebles y buscar las mejores camas?

—Nop —Kris escaló la piscina. Cuando se sentó en el borde, apuntó a Eduardo con la luz de su linterna, encendiéndola y apagándola de manera intermitente—. Ven. Ya es hora de dormir.

Eduardo le siguió, y cuando estuvo en la cima, se dejó ir con los brazos extendidos hacia los osos, Kris se sumergió entre los peluches con una destreza notable. Habló desde el fondo del océano de osos:

—Buenas noches, Eduardo —Y a sus palabras le siguieron un silencio que se antojó triste.

Eduardo no dijo nada, porque cualquier cosa que dijera serían sus últimas palabras para Kris, el niño de su sueño, y a Eduardo no le gustaban las despedidas, así que se quedó mudo mientras cerraba los ojos conduciéndose al despertar.

33

Eduardo soñó nuevamente con el ruido de un río arrasador.

Las aguas chocaban cada segundo con enormes piedras, un ruido estridente lo hacía sobresaltarse.

Eduardo cayó en la cuenta de que no era que no pudiese ver las aguas.

Lo que sucedía era que eran negras como el vacío.

Y él estaba sumergido en su oscuridad.

Eduardo despertó de aquel sueño calamitoso y se encontró flotando en el agua sobre un enorme oso.

—Al fin te despiertas —dijo Kris, que lo observaba atentamente desde una canoa inflable—. Llovió toda la noche.

—Dios mío, qué locura —dijo Eduardo mientras se pasaba las manos por la cara.

—¿No habías dicho que buscabas a tu papá? Sube, iremos a la estación de policías.

—¿Los policías trabajan en vacaciones? —inquirió Eduardo con ironía.

—No, pero conozco a alguien que está ahí y tal vez nos ayude.

Eduardo saltó hacia la canoa y esta se balanceó.

—Hey... ten cuidado —puntualizó Kris, quien estaba en la proa de la canoa—. Ahora tienes que remar hacia allá —Kris apuntó con la luz de su linterna hacia uno de los ventanales del supermercado.

—¿Y tengo que hacerlo solo?

—Estás en el asiento con los remos, son solo para una persona. Además, eres mayor y más fuerte que yo —Kris iluminaba el rostro de Eduardo con su linterna.

—Está bueno... pero ya no hagas eso —Eduardo tomó los mangos de los remos e impulsó la canoa a donde Kris indicó.

La canoa flotaba entre cajas, bolsas y todo tipo de aparatejos plásticos.

—¿Y ahora qué, genio? —preguntó Eduardo cuando llegaron al ventanal.

Kris giró su mirada por todos lados hasta que encontró algo que podía ser útil. Era una enorme lata de leche. La atrajo hacia sí chapoteando el agua. La abrió, vertió la leche y la llenó con agua.

—¿Para qué estás haciendo eso? —preguntó Eduardo, impaciente.

Kris levantó la lata y la lanzó hacia el ventanal, rompiéndolo, y creando una corriente que los arrastró rápidamente hacia el otro lado.

34

Nubes de pájaros se arremolinaban entre la neblina graznando con locura, batiendo sus alas con desesperación, parecían tener miedo a que el agua los alcanzara. El viento agitaba el agua y arrastraba gotas que rociaban los rostros de los jóvenes. Eduardo solo podía ver a Kris cuando este lo apuntaba con su luz. Kris le indicaba hacia a donde ir, inicialmente la ceguera fue un problema, pero una vez se coordinaron, Kris la hacía de ojos y Eduardo de piernas. Y así surcaron entre las copas de los árboles ahogados, por donde antes había una carretera.

—Veo la orilla —murmuró Kris como si se lo dijera a sí mismo.

Eduardo había remado por casi dos horas y aquellas palabras hicieron que, con sus últimas fuerzas, hiciera un sobreesfuerzo por alcanzar tierra y seguir a pie.

—¡Detente! —gritó Kris.

Y como si hubieran dejado atrás una pesadilla, salieron de las redes de la neblina. Eduardo advirtió la proximidad y usó solo el remo derecho para inclinar la canoa. El impulso previo los llevaba lentamente hacia la orilla. Y una vez cerca, saltaron de la canoa.

Kris reía mientras Eduardo respiraba exaltado, con la vista clavada en el suelo.

Eduardo volvió la mirada hacia atrás y contempló una pared de neblina que parecía estar en movimiento, atraída lentamente hacia ellos.

—Esto es imposible...

—¿Qué es imposible? —inquirió Kris como si lo que estuviera sucediendo a su alterador tuviera todo el sentido del mundo.

—La carretera... el fondo debería estar al mismo nivel que esta parte en la que estamos parados.

—Hum.

—A menos que...

—¿Qué?

—Que la tierra se haya hundido... que se dividiera desde aquí y se haya hundido.

—Sí. Quizá tengas razón. En fin. Tenemos que irnos de aquí, tu papá debe estar esperándote en algún lugar.

Eduardo, con la mirada fija en la pared de neblina, cayó de rodillas y dijo con la voz quebradiza:

—¿Cómo voy a regresar a casa si el camino se hundió?

—Encontrarás otra manera de llegar a casa.

—¿Qué? ¡No tienes idea! ¿Por qué este lugar es tan extraño? ¿Qué ocurre aquí?

—Bueno... creo que siempre ha estado roto. Ahora todo está desapareciendo. Pero eso no importa. Estaremos bien.

—¡Cómo mierda vamos a estar bien!

—No lo sé —Kris se encogió de hombros—. Es lo que mi papá me decía cuando me sentía triste: "Todo va a estar bien, solo hay que echarle ganas a la vida" —Kris dijo eso imitando la voz de un señor mayor.

—Esto no puede mejorar... no hay forma.

Kris se inclinó a la altura de Eduardo y este lo vio atentamente.

—Entiendo cómo te sientes —Kris puso la mano sobre el hombro de su amigo y habló con un tono condescendiente, como si lo compadeciera de corazón–. Yo antes me sentía así. Me la pasaba llorando todo el día. Un día le conté a mi padre todos mis problemas. Le dije que no encontraba una salida, que... que sentía que el mundo iba a hundirse, así como se está hundiendo ahora. Y me dio el mejor consejo del mundo. Él encendió la tele y me dijo que me sentara a ver caricaturas. Que al rato se me iba a pasar, que todos nos sentimos mal y que al rato se nos pasa. Así que, Ed, no te sientas mal. Al rato se te pasará.

35

Eduardo y Kris tomaron un atajo por los callejones en los cuales se agrupaban hileras de casas con decadente arquitectura. Cualquiera diría que en La Tierra de Dios las personas son muy unidas, sin embargo, se respiraba un liviano aroma mezquino como el de las flores que nacen en el epílogo de abril, entre lluvias torrenciales y el veneno de los gusanos. Florales olvidados en los que se enrollan tallos muertos, sembrándose los unos a los otros sus espinas, formando así un lecho de tristeza que despide un aroma en el que se funde el sudor del rocío, la lejana vida y la suave noche, un aroma a miel agria que nos recuerda que estamos juntos en una espiral incesante, tratando de huir del vecino, pero no podemos porque estamos plantados como las flores, soñando con un día deshacernos de nuestros pétalos y volver a la tierra.
Nubes grisáceas contorsionaban ilusorias formas hondas y largas. Cada cierto tiempo el cielo rugía y el suelo se estremecía levemente. Un canto y un baile; la naturaleza de un dolor silencioso y una tristeza oscura.
En las cercanías del mercado se encontraron con las vías del ferrocarril.
Kris se paró sobre uno de los rieles y caminó de puntillas. Le pidió a Eduardo que lo viera porque estaba haciendo algo increíble.

–Todo esto es... –comentó Eduardo con las manos metidas en los bolsillos y la vista perdida en el horizonte del cual venían las vías.

–¿Qué cosa? –inquirió Kris, extrañado.

–¿No sientes nada, Kris? –Eduardo volvió su mirada hacia su amigo.

–¿Nada sobre qué o qué?

–Sobre todo lo que está sucediendo... ¿te parece normal?

–No sé –Kris se sentó sobre el riel y apoyó sus brazos en sus rodillas–. ¿Qué es lo normal?

–Es... es tan... Dios... Este lugar, parece como si fuera a llover en cualquier momento. Una tormenta se acerca.

–A mí me gusta. Me gusta cuando llueve.

–Te llevas mal con tus padres ¿no? Por eso andas solo en la calle.

–Mi papá... –Kris levantó la cabeza–. Cuando él no estaba de vacaciones nos llevaba a la montaña para cazar animales. Nos enseñó a disparar –Kris simuló una pistola con la mano y se la puso entre las cejas a Eduardo–. ¡Bang! –Kris se llevó las manos a la cara y ahogó una risa, hizo una abertura entre sus dedos para ver a Eduardo y agregó con un tono solemne–: Estás muerto.

Eduardo sintió una punzada en el estómago. "¿Dijo nos, hablando en plural?", se preguntó, pensando que su amigo se había equivocado.

Pero antes de que sus nervios se hicieran visibles, preguntó por la madre de Kris.

–Mi mamá es buena y me quiere. Y yo a ella. Es escritora, es la mejor escritora de esta ciudad.

–¿En serio? Recuerdo que a la mía también le gustaba escribir –Eduardo asintió con el esbozo de una sonrisa resignada y se sentó al lado de Kris –Antes de desaparecer.

36

Una corriente de aire pesado giraba en círculos alrededor

de Eduardo y Kris. A Ed lo invadieron unas insaciables ganas de llorar, nubes de pensamientos ardientes como el sol y suaves como las plumas de las palomas giraban como el viento, pero dentro de él, por decirlo de alguna manera. Y se abrían puertas dentro de él. Puertas que revelaban espesas formas negras que le parecían nostálgicas, porque tenían voces y olores que recordaba con profunda tristeza.

—Me duele la cabeza —comentó Eduardo mientras atravesaban una avenida, arrastrando sus flácidas sombras y encontrándose cada poco con ligeras ventiscas que acarreaban hojarascas con colores muertos.

—Ya vamos a llegar —respondió Kris con entonación alegre y una sonrisa jugando entre sus labios.

Vieron a los elevados árboles que ignoraban estar sembrados entre la malicia de una ciudad que se agrieta cada vez más y pronto no sería tan diferente que un prisma incapaz de reflejar luz o color, solo oscuro y roto como las cuencas de un cráneo.

Estar en el parque relajó los pensamientos que se acumulaban en la mente de Eduardo. Aquel lugar de colores acuarelas y veredas inciertas, donde su alma se sentía limpia y desnuda, duplicaba el misterio de la ciudad. Al lugar lo vestía una fría aura vibrante.

Los columpios se mecían con un ruido chirriante, montados por el viento.

Los resbaladeros estaban oxidados.

Cuando Eduardo vio la escultura de una mujer con una bebé en brazos montada sobre una bola azul, pensó que, si alguien sabía lo que estaba pasando en aquel lugar, sería ella. Pensó en hablarle, pues no le resultaba loca la idea de que ella comenzase a mover los labios y su niña a gritar.

Pero antes de caer en la tentativa, Eduardo reparó en los pasos de alguien que se aproximaba hacia ellos.

—Ay, no… —murmuró Kris—, es Sonrisa blanca.

Kris se escondió rápidamente en un arbusto.

La vieja de cabello encrespado se paró frente a Eduardo, y con los brazos en jarras lo vio fijamente durante un buen rato.

—¿Qué pasa, seño? —preguntó Eduardo tras un silencio incomodo.

Y cuando la vieja abrió la boca, supo la razón de su apodo.

—¡Usted! —exclamó la señora arrastrando la lengua, con una voz áspera, dejando ver sus dientes negros como el carbón—. ¡Usted le retorció las patas a la gata de mi nieta!

—No sé de qué me habla, seño —contestó Eduardo, exasperado.

—¡Sí lo sabe! ¡No se haga el loco! —la vieja señaló acusatoriamente a Eduardo—. ¡Usted le torció las patas a la pobre gata y ahora debe pagar por sus crímenes!

La vieja sacó de su delantal un cinturón de cuero y lo giró entre sus manos como si fuera un látigo.

—¡Va a ser castigado con lo mismo! ¡Lo voy a amarrar a un árbol y le voy a retorcer las patas!

Eduardo se tapó la boca y la nariz para no respirar el aliento de la anciana que parecía estarse pudriendo desde dentro.

—Apártese vieja bruja —Kris salió del arbusto y apuntó de manera intermitente la luz de su linterna sobre el rostro de la anciana.

La vieja gimió y trató de cubrirse de la luz, pero esta, además de cegarla, también parecía hacerle daño a su piel.

—¡Regrese al infierno, bruja! —vociferó Kris sin dejar de atacarla con la luz de su linterna.

La anciana dejó caer el cinturón y se arrastró como una serpiente hacia un agujero que había al lado de los columpios, desapareciendo con un grito entre la tierra.

—Qué mierda acaba de pasar... —dijo Eduardo entre dientes, asustado, pensando que en cualquier momento alguien más se acercaría a ellos.

—Ella es la abuela de una niña que conozco —dijo Kris, cabizbajo.

—¿Qué?

—Sí. Siempre ha sido una vieja metiche. Por eso le pasan cosas malas.

—Dijo algo sobre una gata.

—Sí. Murió porque alguien la dobló como si fuera una bola de papel.

—¿Y por qué alguien haría eso?

—¡Rafael está loco!

37

Cuando Eduardo advirtió que se acercaban a la estación de policías, le preguntó a Kris la razón de llegar a ese lugar. Kris titubeó palabras que su acompañante no entendió y este se dejó llevar para ver a donde llegaban con todo eso.

Eduardo se detuvo frente a la estación, pero Kris siguió caminando como si estuviera a punto de entrar a su casa.

—¿Los policías están de vacaciones? —inquirió Eduardo con ironía.

—Sip —respondió el niño.

Eduardo le siguió el paso, atravesando el pasillo donde los policías guardaban sus pertenencias en cajones de aluminio. Cruzaron una puerta y llegaron hasta las carceletas.

—¡Rafa! —llamó Kris con las manos entre los labios.

Unos brazos se extendieron entre las rejas, pero nada se veía detrás, solo sombras y oscuridad.

—¡Kris! —saludó Rafael, del cual solo se veían enormes dedos que sobresalían entre los barrotes—, sabía que volverías por mí.

—Nah. No vine para sacarte de aquí —dijo Kris entre risas—. Él es Eduardo —Kris señaló a su amigo—. Y necesita saber en dónde está su papá.

–Ah… –Rafa abrió sus palmas e hizo una señal para que se acercaran–. Eduardo… ¿qué es lo que quieres?

–No creo que pueda ayudarnos –le murmuró al oído Eduardo a Kris.

–Sí puede, él puede verlo todo desde aquí –Kris no lo dijo en voz baja porque quería que Rafa escuchase que dudaban de él.

–¡Sí! Yo puedo ver el mundo entero desde aquí.

–No sabes quién es mi padre –dijo Eduardo con tono inquisitivo.

–Lo sabe –comentó Kris.

–Lo sé.

–Eso no es posible.

Rafa rio mientras movía sus dedos entre los barrotes.

–Tu padre es un militar jubilado.

–¿Cómo… lo sabes? –inquirió Eduardo, inquieto.

–Él lo ve todo, ya te lo dije –respondió Kris.

Rafa metió los brazos, sumergiéndolos en la oscuridad. Y dijo con tono solemne:

–Ah… Mientras más te acerques, más lejos estarás de la verdad porque, querida oveja, vives en un lugar al que la luz jamás llegará, te has perdido en un sueño del que no quieres despertar porque la realidad te asusta. Tu corazón guarda las memorias del fin del mundo. Todo lo que conoces, todo lo que te importa, todo lo que amaste desapareció. Solo te queda reinventar la realidad.

Después de un silencio prolongado, Eduardo dijo:

–No entendí nada…

Rafael rio. Eduardo no podía verlo porque estaba sumido en las la profundidad de su jaula.

–Él conoce la salida –Rafael señaló a Kris.

–Oh… –suspiró Kris, pensativo–. Sí, conozco la salida.

–¿Qué? ¿y por qué no me lo dijiste desde un inicio?

–Bueno… –Kris se encogió de hombros.

–Cuando lleguemos a la salida, despertaré de este sueño –afirmó Eduardo con tono decido.

—Sí —asintió Kris.

Y justo antes de que partieran de aquel lugar, Rafael habló desde las sombras, deslizando sus dedos entre los barrotes:

—¿No vas a dejarme salir, Kris? Me aburro de rasguñar al vacío.

—Nah. La última vez que saliste te portaste mal.

Rafael rio.

—Algún día volverás, Kris… —y con un tono más amenazante, agregó—: Cuando tu corazón este frío y húmedo como una tumba, aunque me odies, me dejarás salir. No tendrás otra opción.

—Na-ah. Eres malvado —Kris le sacó la lengua a Rafa.

"Somos", murmuró Rafael al tiempo que se alejó de los barrotes y se sumergió por completo en la oscuridad.

Cuando Kris y Eduardo salieron de las carceletas, mientras atravesaban las oficinas, Eduardo interrogó a Kris:

—¿Cómo conociste a ese sujeto?

—Bueno… es… hum… no vas a creerme, Ed.

—Creeré cualquier cosa que me digas —dijo Eduardo, y estuvo a punto de agregar: "no eres real, Kris cuando despierte, desaparecerás y no voy a recordarte", pero lo pensó y se calló a tiempo.

—Rafa apareció de la nada durante una noche en mi casa… am… simplemente entró por la ventana. Yo me asusté muchísimo cuando lo vi frente a mi cama porque sus ojos son como diamantes, sus piernas son tan largas que debía encorvarse para estar en mi habitación. Su poco pelo es como el de sonrisa blanca, con enormes risos secos y rotos. Rafa se parece mucho a los espantapájaros, pero da más miedo que cualquiera. Me di cuenta que necesitaba mi ayuda. Él no podía hablar, lo intentaba, pero no podía, hacía ruidos como "hum, hum, ham, hum, hum" y cuando encendí la luz, pude ver claramente el problema. Rafa tenía cocida la boca. Entonces bajé silenciosamente hacia la cocina y tomé un cuchillo. Cuando regresé a la habitación escuché los ruidos raros de Rafa y vi que sus ojos de diamante brillaban bajo mi cama. Entonces yo…

—¿No habías dicho que sus piernas eran largas y que apenas cabía en tu cuarto? ¿cómo se metió bajo la cama?

—Rafa puede hacerse pequeño cuando es necesario. Te decía, usé el cuchillo para romper los hilos que mantenían sus labios pegados. Él dijo "Gracias, niño", con su extraña voz de espantapájaros. Por alguna razón me entraron muchas ganas de reírme. Me sentí un grande porque le había dado voz a algo que no comprendía del todo. Desde esa noche le permití a Rafa dormir bajo mi cama. Él siempre se iba antes del amanecer y entraba a mi cuarto por la ventana cuando anochecía. Era divertido. Nos reíamos de todo tipo de cosas. Siempre me preguntaba por mis amigos, mis padres, mis maestros, mis vecinos e incluso me hacía hablarle de personas que solo conozco de vista.

—¿Y por qué está preso si es tan agradable?

—Una noche llegué a casa con las rodillas raspadas porque un joven que se llama Virgilio me empujó de mi bici para demostrarle a sus amigos que era muy fuerte. Creí que podía contarle lo que fuera a Rafa sin que nada malo pasara, pero no fue así. Cuando le relaté lo que sucedió con Virgilio sus ojos de diamante se oscurecieron. Rafa se oscureció como si fuera la sombra de un gigante. Me dijo que no permitiría que alguien lastimara a su mejor amigo. Así que le dio una lección a Virgilio. Esa misma noche fue a su casa y con el mismo cuchillo que yo usé para romper los hilos de su boca, pinchó las llantas del carro de la madre de Virgilio. Al día siguiente me topé con Virgilio en la tienda, y cuando me vio, se fue como si hubiera visto a un fantasma, ¿puedes creerlo? Seguro piensa que fui yo el que lo hizo. Estoy seguro de que a Rafa se le aflojó la lengua y mencionó mi nombre cuando cometía su fechoría. Ah… pero no es por eso que está aquí. Cuando Verónica me dijo que yo era raro me sentí muy triste y eso lo enfureció. Entonces decidió que ella también debía estar triste, así que fue hasta su casa. Entró a la habitación de Verónica por la ventana, así como entraba por la mía, y fue hasta su gata, que dormía en un tapete junto a un espejo. Rafa... él le retorció las patas. La arrugó como si fuera una hoja de papel inservible. Rafa me contó que el animal chilló y Verónica despertó y gritó al verlo, pero antes de que Sonrisa blanca entrase en el cuarto, Rafa ya se había ido por donde había llegado, llevándose consigo al animal. Verónica no me habla desde entonces, me culpa a mí por lo que hizo Rafa, todo el mundo me culparía si dejaba que Rafa estuviera libre. Por eso lo encerré y tiré la llave en el río. Nunca podrá salir de aquí. Y solo vendré a hablar con él cuando lo necesite, porque, así como lo destruye todo, también lo ve todo.

38

Hacía tanto frío que a Eduardo se le hincharon las mejillas. No había viento. Sobre la triste tarde caían pedazos de cielo. El ánimo de Kris no se alteraba y no dejaba de hablar mientras su voz despedía un vapor que eclipsaba su rostro. Las aves ya no peregrinaban porque se congelaron y cayeron desde el cielo hechas hielo. Los árboles de la ciudad, inmóviles y macilentos, habían dejado caer todas sus hojas y sus ramas esqueléticas solo sostenían las florestas blancas que caían del cielo. Las ventanas de las casas y tiendas estaban agrietadas y empañadas. Las calles estaban cubiertas de una densa nieve que le daba aspecto desolador.

Kris abrió la boca y sacó la lengua para probar los copos de nieve que descendían meciéndose con inocencia.

Eduardo intentaba calentarse frotándose los brazos y respirando entre sus manos.

Kris se inclinó y revolvió un pedazo de nieve en el suelo.

Hizo una bola y la giró en el suelo para hacerla más grande. Hizo lo mismo con otras dos bolas más pequeñas que la primera y la puso una encima de otra para armar un muñeco tan grande como él. Le dibujó una sonrisa en el rostro y le puso dos rocas para simular sus ojos.

Kris, entre risas, le dijo a Eduardo que se estaba haciendo a sí mismo.

Y cuando terminó agitó sus brazos con alegría

Pero Eduardo con ojos serenos visualizó una incongruencia en la réplica.

Le faltaba algo. `

Y entonces la idea surcó su mente.

Eduardo se acercó lentamente al muñeco y metió su dedo en su frío pecho.

Y dibujó un gran corazón.

–Ahora sí se parece a ti.

–No. Ya no.

39

Los jóvenes atravesaron las avenidas en las que el cielo y la tierra parecían encontrarse, y por unos minutos estuvieron perdidos en la blancura, purificados por el frío que les helaba las venas y los pensamientos, en las inmediaciones del vacío.

Por suerte se encontraron con una enorme carpa de colores grises y oscuros, y anuncios que ondulaban presentaciones de payasos con maquillajes extravagantes y un pequeño recuadro en el cual agregaba "fenómenos anormales del infierno", al lado de disfraces de personajes extraños, nada parecidos a algo que hubiera visto antes Kris o Eduardo.

Al entrar a la recepción del circo, ambos sintieron como la temperatura ascendía y sus cuerpos lo agradecían.

–Dijiste que todo mundo estaba de vacaciones –inquirió Eduardo al tiempo que giraba su mirada hacia los retratos de payasos.

–Sí, el circo también está de vacaciones. Ellos disfrutan tanto de su trabajo que en período de vacaciones dan funciones gratis.

–¿Estás diciendo que podemos pasar así sin más?

–No. Hay que pedirle boletos a la payasa de ahí –Kris señaló a la mujer tras la ventanilla, que estaba maquillada con una enorme sonrisa roja y unas pestañas blancas como la nieve. Tenía lentes con los cristales tan grandes como platos.

–Creo que deberíamos irnos, estamos perdiendo el tiempo –dijo Eduardo al tiempo que abrió la cortina de tiras (que funcionaba de entrada), pero al otro lado todo estaba tan blanco que no podía divisar nada, el viento soplaba violentamente y parecía que la ciudad se había borrado de la existencia.

–Creo que debemos esperar a que la ventisca pase –comentó Kris con tono socarrón.

–La función está a punto de comenzar –dijo la payasa desde la ventanilla–, tienen que entrar ahora mismo si no quieren perdérsela –la payasa les extendió dos boletos desde la ventanilla.

Kris le agradeció con una gran sonrisa y guio a Eduardo por el pasillo que da al espectáculo.

Las bancas se extendían en varios niveles, alrededor de lo que parecía una enorme jaula. Kris tuvo que usar su linterna para cerciorarse del camino porque las luces del lugar eran opacas, tenues, casi sin brillo.

Los jóvenes se sentaron en la última fila, lo más arriba posible.

No parecía haber nadie más en el lugar hasta qué...

"¿¡Están listos para la función más esperada de todos los tiempos!?", exclamó una elocuente voz al tiempo que las luces de los reflectores giraron en torno a la jaula mientras el sonido del redoble de tambores los colgaba en suspenso.

—¡Sí! —gritó Kris con euforia.

"Ah… ¡Qué público más animado tenemos el día de hoy! ¡Les prometemos que el espectáculo que están a punto de presenciar cambiará sus vidas! ¡Prometemos sacudir esa tristeza que les quita la vida y los envuelve en gasas con perfumes florales! ¿lo soportarán sus corazoncitos? ¡Qué importa! Su espíritu lo amortiguará, y si no ¡se romperán un poco más!".

—¡Vamos! —gritó Kris con las manos entre los labios.

Una de las luces que giraban en torno a la jaula se desvió de su círculo y apuntó a fijamente a Kris.

"¡Agradecemos su apoyo, pueblo de la tierra de Dios! Entréguenos esta tarde su corazón y expiraremos todos los torrentes de su dolor, sudarán aguas de claveles y todo lo que es imposible se hará posible, ¡porque Dios sea la soledad y el diablo un Medardo! ¡Gracias, Gracias!".

Kris aplaudió como si lo dicho hubiere tenido todo el sentido del mundo.

Eduardo no lograba interpretar lo dicho por el presentador y la reacción alegre de su amigo. Y en contraste con la felicidad de Kris, Eduardo sentía una lluvia de agua salada cayendo sobre las heridas de su espíritu. Y era porque aquel lugar tenía algo malvado. La ciudad era un espectro de reflejos vestida por un aura triste y doliente, y aquel circo era lo peor, era un abismo en el que se respiraba algo que se antojaba cruel, era un oasis de veneno, era una pesadilla bordada con odio. Y Eduardo seguía aguantando, es lo único que podía hacer.

Todas las luces se concentraron en medio de la jaula.

Y la plataforma se abrió.

Y ascendió un extraño ser.

Era un niño escuálido, con la cabeza hinchada como si tuviera un globo en vez de cabeza. De la hinchazón se estiraban delgadas articulaciones a los costados y una horrida grumosidad en donde deberían ir los ojos.

"¡El niño hormiga!", gritó el presentador con voz omnipresente, "Este horrendo ser fue abandonado en un basurero por sus padres cuando nació ¡Sobrevivió porque los insectos lo vieron tan miserable que, en vez de comérselo, lo alimentaron y le brindaron espacio en su hogar, convirtiéndose con el tiempo en una hormiga!".

El niño hormiga saludó al público y acto seguido, se acostó en el suelo. Las patas que salían de su cabeza se ajustaron en el suelo e hicieron de soporte para que el cuerpo poco a poco se fuera levantando sin necesidad de usar las piernas o los brazos.

Kris vitoreó al niño hormiga.

Eduardo se sintió intranquilo.

El niño hormiga trepó en la jaula. Su cuerpo estaba tan tieso que daba la impresión de que la cabeza estaba arrastrando a un muerto. La plataforma volvió a abrirse y ascendió otro extraño ser.

"¡Esta vida está llena de asquerosidades y tragedias! ¡Está llena de monstruos! ¡Tal es el caso del joven tarántula, que fue capturado cuando niño, y usado para experimentos que consistían en inyectarles pequeñas dosis de diversos venenos para estudiar sus reacciones! ¡Ah… y la naturaleza hizo un milagro! ¡Las sustancias lo purgaron de un alma humana y la sustituyeron por la de un demonio, y ahora parece una tarántula!".

El joven tarántula tenía las mismas características del niño hormiga, con la diferencia que su cabeza estaba peluda y negra, las patas que emanaban de está eran más numerosas, ásperas y gordas, y su cuerpo era considerablemente más tonificado.

"Y ahora, querido público, presenciaran como se enfrentan en un combate a muerte ¡Y el ganador será ejecutado por homicidio!".

–Es todo, me cansé de esta puta mierda –bramó Eduardo al tiempo que levantó a Kris y lo acomodó en su hombro.

Bajó rápidamente las gradas y salió corriendo del circo.

40

Mientras los jóvenes ignoraban al mundo, rosales florecieron por todas partes. Frescos e insólitos; suaves y colorados. Caléndulas cabeceaban con dalias; azucenas se enredaban en narcisos. El viento perfumado giraba en espiral entre la fuerza de la naturaleza que parecía haberse apoderado del mundo entero. En las grietas de las banquetas y avenidas se asomaban tallos a punto de estallar y de perpetrar su permanencia con sus olorosos tricolores. Eduardo dejó caer a Kris sobre un lecho de claveles cuyos pétalos se estremecieron, descendiendo con tal delicadeza que parecían suspendidos en el aire como si estuvieran montados en un suspiro.

Kris no paraba de reír. Eduardo se inclinó y apretó la garganta del niño con sus dos manos.

—¡Estás…! —"Loco", estuvo a punto de decir, pero se detuvo porque aquella palabra le producía un increíble respeto. No. No era respeto, era miedo, atender la simpleza de esa deducción, aunque con los ánimos calentados, lo llenaba de pánico. Eduardo quería salir corriendo, pero lo único que consiguió hacer con aquel impulso fue soltar a Kris y retroceder sin perderlo de vista.

—Vaya… —dijo Kris al tiempo que se sentó entre las flores e hizo crujir gustosamente los huesos de su cuello—, todo estaba a punto de salirse de control, si no me hubieras sacado del circo, habría muerto de risa —Kris se incorporó y sacudió su pantalón—, así que, gracias por evitar mi muerte —agregó entre risas.

—Sí —suspiró Eduardo, plenamente consciente de que algo andaba mal con su compañero, y aunque convencido de que en un sueño estaba, ya no le agradaba la idea de compartirlo con aquel extraño niño.

Kris miró hacia el cielo y dijo:

—Pronto anochecerá.

—Sí.

—Y supongo que quieres irte ya.

—Sí.

41

Los celajes del crepúsculo anunciaban la noche y la tenue neblina se levantaba en un silencio discreto. Los jóvenes cruzaron un arco de abundante floración de un enorme árbol de tamarisco. Caminaban sobre una calle que había sido engullida por redes de olorosos claveles estriados. Los muros del estadio Roy Fearon fueron corroídos por la humedad de la maleza que los abrazaba: tiras de lianas desglosadas como venas ponzoñosas, florecillas albinas de especie indefinida, es decir, nacidas en el mismísimo sueño. Pero lo único que llamó la atención de Eduardo fueron los portones del estadio, rodeados de la inconfundible planta de romero, cuando lo vio supo que en primera instancia la había visto primero con el olfato, pues su aroma áspero y picante era inconfundible.

Algo andaba mal con esos portones.

Algo que hipnotizó a Eduardo.

—No deberíamos quedarnos mucho tiempo aquí —Kris apuró a Eduardo, quien se había distraído viendo el portón de romero.

—Este lugar me parece conocido...

—¡Nunca has estado aquí! —exclamó Kris entre dientes—. E-es la primera vez que estás aquí.

Eduardo volvió la mirada hacia Kris, girando la cabeza y ni un solo musculo más y dijo:

—Algo está respirando detrás de ese portón.

—¡No es cierto! ¡Decide de una vez si vas a venir conmigo!

—¿Qué es eso, Kris? —inquirió Eduardo, advertido de que se le estaba ocultando algo.

—No hay nada... ¡Yo no escondo nada, no tengo secretos! ¡Es esta ciudad, está maldita! ¡Todo aquí está roto y eso no es mi culpa!

Algo habló detrás de los portones.

Una voz moribunda, gutural y aplastante.

Una voz que se arrastraba como la vida y los sueños.

Una voz que caía y se enrollaba en espiral.

Era la voz de la noche, la voz de las plantas, la voz de la nieve y de la familia de árboles, era la voz de las grietas, de los maniquíes, la voz de las paredes, la voz del circo, era la voz del cielo y también la voz de las decisiones. Era una voz que hacía un tiempo llevaba ignorando.

La voz de algo que está muerto y que habla a través de los romeros.

Los portones palpitaron.

No, fueron zarandeados.

Alguien intentaba escapar.

—¡Noo! —gritó Kris. Se veía envejecido por las muecas extremadamente forzadas que arrugaban su rostro.

Eduardo contemplaba aquello con infinita reverencia, porque por fin le sería revelada la verdad de aquel sueño.

Los romeros cayeron y una nube de polvo se levantó entre la niebla, dejando ciegos a ambos.

Una sombra enorme se asomó frente a ellos.

Y el viento se llevó el polvo y reveló al incognito.

No era un hombre, aunque parecía haberlo sido en algún momento de su existencia.

Tampoco era del todo un monstruo, porque sus cicatrices develaban una especie de sufrimiento difícil de describir, pero que caracteriza indiscutiblemente a los hombres de corazón tormentoso y sueños andrajosos.

Su piel no era piel sino hierva. Era de lianas tan espesas como las del muro del estadio, con las mismas flores de romero, con narcisos grises rodeándole el cuello, juncos lilas coronando su amorfo cráneo, con tres rostros de bejuco, el de la izquierda con una expresión de miedo, el de en medio con una mueca de pánico y el de la derecha con un respirador que solo dejaba las cascadas de lágrimas que caían de sus ojos brillantes como estrellas. Con cuerpo de gusano y con movilidad arácnida, pues de su cintura emanaba un juego de seis esqueléticos brazos, tres a la izquierda y tres a la derecha.

Su corazón era visible. Y si uno se fijaba en sus latidos que atendían ciertamente a algo que existe, vive, siente, podrían encontrar cierta belleza, comparable a la de los monumentos de ideas de héroes y villanos cargadas de símbolos y estrellas.

Las dos bocas que podían hablar lo hicieron, pero en susurros de una lengua que Eduardo fue incapaz de comprender, pero que a Kris le hizo gritar desesperadamente. Y es que el monstruo giraba su cabeza como un carrusel a modo que los tres rostros pudieran verle el tiempo suficiente para transmitirle sus cripticas emociones.

El monstruo se movía con lentitud hacia Kris, pues los brazos que la desplazaban no tenían la fuerza suficiente para cargar con sus más de dos metros de altura, y es la ventaja que aprovechó Eduardo para correr hacia su amigo y llevárselo cargando, lejos de aquella calle inundada de flores y recuerdos.

42

—Mi cabeza es un mar —dijo Kris con los ánimos apagados, mientras era cargado de mala gana por Eduardo—. Y todo fluye tan rápido... siento que me ahogo, Ed.

—Pues muéstrame la salida y te dejará de doler la cabeza.

—¿Dejar de dolerme? ¿eso es posible?

—¡Claro que sí! Yo despertaré de esta pesadilla y... —"te olvidaré", quiso decir Eduardo, pero después de una brevísima pausa, agregó—: vives en mi mente, te imaginaré un final feliz, incluso podría escribirlo para tener presente que fuiste feliz para siempre.

—Ojalá pudieras imaginar un final feliz para ti.

—¿A qué diablos te refieres? —Eduardo se detuvo. Estaban en el puente, sobre el río de aguas negras.

—Amigo… no vas a ser feliz.

Eduardo se quitó a Kris de encima, empujándolo sin medir su fuerza. Kris rodó en el suelo y no se levantó hasta después de unos minutos.

—Estás mal de la cabeza —dijo Eduardo, jadeando.

—Todos estamos un poco rotos, Ed…

—¡Yo estoy bien! ¡Eres tú el que atrae a ese montón de mierdas raras! ¡Solo decime dónde está la salida de este lugar y me iré de una vez por todas!

—Sí… tranquilízate. Pronto te irás —Kris se apoyó en la baranda y observó las aguas negras. Agregó con profunda tristeza—: Pero volverás.

—Odio este lugar, si es necesario, nunca más volveré a dormir.

—Has dicho eso muchas veces. Y siempre vuelves. Yo también estoy cansado de verte.

—Eres insolente y…

—Y estoy loco, ¿verdad?

—No es lo que iba a decirte.

—Lo es. Puedo escuchar todo lo que piensas.

—Entonces escucha esto: ¡Quiero largarme de una vez de este lugar!

—Ya lo sé, pero ¿Cómo escapar de uno mismo?

—No entiendo un carajo…

—No importa, al final todo será olvidado. Pero seguirá doliendo porque estamos juntos en las ruinas de este sueño.

—Si a alguien quiero olvidar es a ti.

—Ya lo hiciste. Igual que a este río. Míralo bien si no me crees.

—Este río… no puede ser. No puede ser verdad.

—Pero lo es, amigo.

—Todos los ríos se parecen.

—En todo el mundo no hay un solo río como este.

—No puedo creerlo…

—Aquí es donde todo comenzó para nosotros: en este río perdiste a tu hermano y yo conocí a mi hermana.

—¿Tu hermana?

—Mi hermana no es realmente mi hermana. Y Tristán no es tu amigo.

—¿Cómo es que sa-sabes lo de Tristán?

—Conozco a la tormenta a través de ti.

—Creo que mi cabeza también es un mar.

—¿Ya estás recordando? Eso es bueno.

Kris se sentó de espaldas en la baranda.

Eduardo observaba a Kris. Tenía los músculos fríos y la mirada hipnótica, y aunque pudiera hablar, no tendría nada que decir.

—Solo quiero pedirte una cosa, Ed —murmuró Kris mientras su mirada se inclinaba hacia el cielo oscuro—. Cuando sepas la verdad, por favor, no me odies.

Kris abrió los brazos y se dejó ir de espaldas. Cayó en las aguas negras y desapareció en un instante como si nunca hubiera existido.

Eduardo no trató de detenerlo, y, cuando fue consciente de su ausencia, como despertando de un sueño, un débil sentimiento de soledad recorrió su piel.

Eduardo se acercó al lugar en el que Kris se sentó y se dio cuenta de que había dejado su linterna en el suelo. Al encenderla, la luz parpadeó incesantemente, al manipularla durante un rato, descubrió algo interesante: la luz se mantenía firme si apuntaba hacia un lugar en específico. Siguió la consistencia de la luz a través de la ciudad inundada en niebla.

43

Eduardo no era capaz de ver sus piernas pues se habían perdido en la bruma de la niebla. Hacía mucho frío, incluso más que cuando cayó nieve, tanto frío que, si hubiera intentado soltar la linterna, no habría podido porque sus dedos se congelaron con el plástico.

Caminaba entre haces de luz y fantasmas blancos. Y la

bruma lo hizo pensar que quizá estaba muerto, que ese era el recorrido hacia el fin de la existencia, ¡Parecía una broma que fuera solo un sueño! La luz guio a Eduardo hasta una puerta. Era sencilla, un poco húmeda por el clima, y con el metal corroído, con barras débiles. La niebla evitaba que el joven pudiese divisar que podría estar por encima de aquella puerta (una casa, una tienda, un restaurante, lo que fuere). Solo podía ver a través de la luz que había una puerta y nada más, y era como si el muro de aquella entrada fuera también de neblina. La puerta tenía una placa que rezaba: "El espacio infinito de reflejos".

Y como no había nada más en el mundo, Eduardo giró la perilla y cruzó el umbral.

Se encontró en una oscura sala. El lugar estaba lleno de mándalas de arañas, las partículas de polvo se mecían entre corrientes friolentas de aire y la mayoría de muebles parecían a punto de desmoronarse. Llamó profundamente la atención del joven que, al lado de un mostrador, sobre un pequeño pizarrón estaban pegadas unas fotografías en mal estado. Al acercarse descubrió que dicho estado no se debía a deterioro sino a que habían sido quemadas, igual que los maniquíes del centro comercial. Las fotos guardaban algo familiar en esas miradas calcinadas y sonrisas muertas.

Escuchó algo en las escaleras.

Eduardo se quedó quieto como una roca y con la mente en blanco durante un momento, otra vez el mismo sonido. Alguien andando. ¿Se estaba riendo? Eduardo juraría que escuchó algo parecido a una risa. Y no solo una risa, una burlona. Eduardo subió rápidamente las escaleras, sea lo que fuera, tenía que averiguar a quien le pertenecía esa risa (que reconocía tan claramente como si fuera la suya).

En el segundo piso se encontró con un pasillo con tapiz mohoso, lleno de puertas. La luz de... ¿el sol? ¿la luna?

Entraba tenuemente en la ventana, pero la niebla no dejaba ver si obedecía al día o noche. Ni día ni noche existían realmente.

Avanzó y se halló frente a un enorme agujero. Quiso ver el fondo de este con su linterna, pero no lo consiguió, la luz corría infinitamente a través de la oscuridad. La inquietud le hizo estremecer. Mas había llegado lo suficientemente lejos como para decir que no había vuelta atrás, por lo que, a pesar del miedo que se arremolinaba en sus pensamientos, a pesar de las ganas de renunciar a todo y echarse a llorar, Eduardo tomó impulso y saltó sobre el vacío. Lo consiguió. Una nube de polvo se levantó cuando pisó el otro lado y esto hizo que se tambaleara en el borde, pero recuperó el equilibrio y continuó su camino. Al final del pasillo encontró una puerta que pudo abrir sin problema.

44

Un salón con tablones cubriendo las ventanas, aun así, congelado por una fuerza de ajena procedencia. La luz entraba en débiles hilos. La madera del piso estaba completamente corroída, Las pisadas de Eduardo se hundían y dejaban señales imborrables, le pareció estar caminando sobre nubes. Al iluminar su entorno se encontró rodeado de figuras extrañas. No, no extrañas del todo, eran familiares, eran animales. Animales congelados, o, mejor dicho, disecados, con miradas inmortales y semblantes cariñosos. Allí estaba Príncipe, su conejo favorito, también Simba, su caniche. Federico, su loro, Ernesto, su labrador, Vita, su gata blanca, todos estaban allí, como en la fiesta de una casa de muñecas, reunidos todos en un espacio donde el tiempo se ha detenido, donde sus corazones no han ensombrecido, infinitos como las estrellas. Cuando Eduardo hizo el ademan de acariciar a Vita, esta movió sus ojos. Y Eduardo pensó que estaba viva, que todos estaban vivos de verdad y por un segundo la idea de que todos estarían juntos para siempre lo hizo sonreír. Pero el idealismo fue arrastrado por la pesadilla, pues Vita hizo un movimiento con su cuello y un trozo de pelos y carne se despegó de ella. Volvió a contorsionarse y otro pedazo de cayó como si se estuviese sacudiendo la piel. Federico, el loro, estiró sus alas y sus plumas cayeron como hojas secas. Ernesto, el labrador abrió su hocico de una manera irracional, a modo que quedó su lengua flotando. Todos los animales se contorsionaron y dejaron caer sus partes. El olor era infernal y Eduardo no podía contener el horror que estaba sintiendo. Una caricia electrizante recorrió sus piernas, era su orina caliente. Por sus movimientos bruscos, la luz de su linterna sin querer apuntó hacia una pintura. Una pintura con colores brillantes, no parecía real, no había un balance entre su entorno siniestro y aquello lleno de luz. Eduardo advirtió que no era una pintura sino un espejo, un reflejo de algo que había olvidado. Se acercó al espejo y su brillo fue aumentando. Y cuando estuvo a frente a él, todo era luz.

Eduardo entró en el espejo y revivió un fragmento olvidado de su pasado.

45

Pronto anochecería y sin duda, llovería a cántaros.

Entre los árboles silbaba una corriente de aire que a su vez arrastraba un aroma otoñal de hojas secas y dulzor silvestre.

Kris llevaba una sudadera holgada y unos pantalones rotos (no por moda, sino porque se le habían roto en la madrugada de ese mismo día). Sus manos y botas estaban enlodadas, pero estaba orgulloso, orgulloso porque por fin había terminado de enterrar a la gata de Verónica. Y hasta le hizo una cruz con ramas secas y una corona con flores que encontró en el bosque.

Kris había sorprendido en la madrugada a Rafael con el cadáver de la gata de Verónica. Cuando lo increpó, Rafael se excusó aludiendo que era la única manera de deshacer la evidencia, porque si se enteraban de lo que había hecho, culparían a Kris, y él no quería que eso pasara.

Y ya no había nada que hacer.

Y allí estaba, limpiando el destrozo que había hecho Rafa.

Kris estaba haciendo el entierro en su patio trasero, colindante con el bosque.

Pero con lo que no contaba era que Verónica lo estaba espiando, con la esperanza de encontrar viva a su gata.

Pero era tarde.

Estaba muerta.

Ella sabía que lo que él estaba enterrando era su gata.

Así que, con la mente nublada y el corazón entre los labios, salió de su escondite de árboles y confrontó al loco:

—¡Qué hiciste! ¿Por qué? ¡Yo nunca me he metido contigo!

Kris, sobresaltado, se puso frente a la cruz, a modo de cubrirla de la vista de Verónica.

Verónica se acercó con paso el paso frenético de un tren fúnebre.

—¡Eres un maldito! ¡Un maldito! ¿Me oyes?

Kris, cabizbajo, intentó usar su silencio como caparazón para que Verónica no lo viera.

Verónica lo empujó y él cayó sentado.

Verónica se arrodilló ante la tumba de su gata y agregó:

—¿Por qué lo hiciste? ¿Qué te hice para que me hicieras esto? ¡Solo dije que eras raro! ¡No era para que me hicieras esta mierda!

—Yo no hice nada —respondió Kris con la voz tan baja que hubiera sido inaudible si no estuvieran en un lugar tan silencioso.

—Fuiste. Lo hiciste… mataste a mi gata.

—No fui yo.

—¿Entonces quién? —Verónica le clavó su mirada abismal.

—Fue Rafael.

—¿Quién diablos es ese?

—Es mi amigo.

—¡Pues ahora mismo me vas a decir en dónde vive! Esto...
—Verónica se incorporó y apretó sus puños tan fuertes
que se le marcaron las venas–, esto no se va a quedar así.

—Vive bajo mi cama —Kris levantó su mirada y coincidió
con la de Verónica. Sus labios entreabiertos y mirada
somnolienta insinuaron un gesto imposible de descifrar.

—Eres un hijueputa... ¡Te voy a matar, Kris! —Verónica se
abalanzó contra el joven, forcejearon unos segundos en
el suelo, ella demostró tener más fuerza. Se sentó en el
abdomen de él y le golpeó la cara hasta que le temblaron
las manos.

Verónica se levantó y se fue llorando, perdiéndose entre
la infinidad de árboles. Kris mantuvo su mirada en las
nubes. Y cuando parecía que fuere a llover, se levantó discretamente.

Y se aproximó lentamente a la puerta de su casa, mientras tarareaba una canción que le gustaba.

46

Eduardo cerró la puerta tras de sí.

Y pensó en todo lo que había pasado.

Y eso evocó una profunda tristeza que no fue capaz de
soportar.

Cayó al suelo temblando y llorando desconsoladamente.

Lloró como nunca antes.

¿Qué había sido eso?

¿Una pesadilla?

¿Una ilusión?

¿Una premonición?

¿Por qué esa niña lo llamó Kris?

¿Qué tenía que ver él con todo eso?

Y es que todo era tan familiar.

Y tan extraño.

Eduardo sintió como el dolor subía por su garganta. Apretó su estómago con sus brazos y vomitó.

Y cuando su tormenta interna terminó y recuperó el control sobre sí mismo, se irguió para contemplar su alrededor con su linterna.

Eduardo se encontraba en un pasillo estrecho. A lo lejos se veía un bombillo meciéndose lentamente en su cable.

Eduardo procuró seguir adelante con la mente en blanco porque la cantidad de preguntas que se amontonaban en su mente no tendrían respuesta nunca, antes colapsaría.

No había ventanas, solo una débil luz que se percibía lejanamente. Caminó mientras intentaba domar sus emociones, erguido, decidido, con el dolor y la tristeza clavados en su espalda como una cruz, pero convencido de que, si no pensaba en ello, podría soportarlo.

Después de andar durante un rato, Eduardo se detuvo en seco y examinó nuevamente la luz que se percibía en la lejanía. Tenía el mismo aspecto que minutos atrás, e incluso (quizá era una falla perceptiva por el creciente miedo) pensó que se estaba alejando. Giró en redondo y ya no estaba la puerta por la que había entrado, solo un enorme pasillo infinito y oscuro.

Eduardo fijó su mirada en la luz otra vez y corrió hacia ella. Su corazón golpeaba con fuerza su pecho, su respiración era tan frenética como el aleteo de las alas de los colibríes. Estiró sus brazos y saltó hacia adelante creyendo ingenuamente que así se acercaría a la luz, pero lo cierto es que se estaba alejando, la oscuridad del pasillo casi se lo tragaba. Y una vez desaparecida, la luz como la última estrella que se pierde en el cielo, Eduardo Acevedo fue presa del abismo.

El joven se percató de que las paredes también habían desaparecido, no había nada más que tristeza y oscuridad. Intentó encender su linterna, pero parecía haberse estropeado. Aunque Eduardo también consideró la idea de haberse quedado ciego. Ni la noche misma podía asemejarse a la oscuridad de las cavilaciones de Eduardo, su sueño de soledad, su tierra maldita, las ahondaciones de sus pozos mentales habían escarbado tanto en su consciencia que se encontró arcanos, evocaciones glaciales, desesperantes, ¡Negras como el universo extendido! ¡Negras como los amores difuntos! Eduardo gritó hasta quedarse sin voz.

Y se derrumbó en el suelo, al borde del desmayo.

Y advirtió algo más.

Sus palmas rozaron humedad.

El suelo estaba mojado.

Y el sonido sibilante del agua se hacía cada vez más fuerte.

Hasta que pudo tomar un puñado de agua entre las manos.

Y darse cuenta de que estaba en un mar recién nacido que daba sus primeros suspiros.

Muy pronto el agua le llegó hasta la cintura... a los hombros... al cuello.

Y para cuando se dio cuenta, Eduardo estaba completamente hundido, como si tuviera un yunque encadenado en las piernas. Intentó nadar hacia la superficie.

Eduardo navegaba entre espejismos oscuros. Algo se aproximó a toda marcha hacia él. Alguien le tomó de la mano y lo sacó fuera de su desesperanza.

Eduardo vio una luz. Una luz proveniente de un agujero en el cielo.

—¡Vamos, Ed! —dijo la persona que le ayudó a salir de las profundidades.

A Eduardo le pareció una voz familiar, pero no se atrevió a pensar en nadie. No podía distinguir su apariencia pues el otro estaba de espaldas, subiendo las escaleras hacia la luz.

Eduardo le siguió.

47

Eduardo asomó la cara en la habitación: el suelo era de cemento, las paredes estaban pintadas con colores difusos y ennegrecidos. Había un enorme ventanal que dejaba entrar la luz y la neblina se asomaba tras este como si el mundo hubiera dejado de existir.
Eduardo subió a la habitación y comenzó a temblar de frío.
—Se puso fea la cosa —dijo el joven que lo salvó al darse la vuelta y salir del incognito.
Eduardo lo observó, o, mejor dicho, lo estudió con detenimiento y asombro.
—No me vas a decir que no me conoces, ¿verdad?
—Sí… te conozco… pero no me siento bien ahora mismo y… no-no recuerdo cuál es tu nombre.
—¡Ah…! Increíble —El joven se paró frente a la ventana y sacudió su cabello mojado. Volvió la mirada hacia Eduardo y agregó—: ¿Eso quiere decir que ya no somos mejores amigos?
—Emanuel… —dijo Kris en voz baja.
—Ese mero. El único.
Eduardo se relajó y se sentó en el suelo. Suspiró de alivió y dijo:
—¿Tienes idea de qué es este lugar?
—Sí, es un cuarto de cuatro paredes sin salida.
—¿Y qué estás haciendo aquí?
—Necesitabas que alguien te salvara, Ed. Y aquí estoy, sacándote del agua otra vez. Salvándote de ti mismo.
—No entiendo.
—Ah… ¿Por qué lo olvidas todo? Eso es algo que nunca me ha gustado de ti. Me cae mal, en serio. Bastante mal —Emanuel bajó la mirada unos segundos y al levantarla, su tono amigable se ensombreció—. Aquella tarde ¿no la

recuerdas? Estaba a punto de llover. Y también hacía mucho frío. Desde muy temprano habías ido a las orillas del río para lanzar piedras, pero cuando la corriente enloqueció, observaste al cielo. Yo te miraba desde lejos, pensé en acercarme, pero no sabía bien qué decir, así que solo te vigilé. Comenzó a lloviznar y pensé en retirarme, pero… tú… Eduardo. Sabía que había algo mal en ti. Es normal por lo que te pasó, lo de tu mamá y hermano fue tristísimo, murieron trágicamente igual que mis padres, ¿Me entiendes? ¡Tú y yo estamos solos! Eso me hacía pensar que de alguna manera nacimos para ser amigos. Pero, ay, Dios, ¡Te lanzaste al río! Corrí hacia ti lo más rápido que pude, pero ya habías desaparecido en la corriente. No lo pensé y seguramente si lo hubiera pensado habría hecho lo mismo, me lancé, me lancé hacia ti, nadé entre aguas negras, tragué mierda, Ed, lo hice y conseguí agarrarte la mano. Quizá fue suerte que en una curva la corriente nos arrastrara hacia unas gradas que estaban a la orilla del río. Prácticamente el mismo río nos sacó, quedamos sentados en las gradas. Pero estabas inconsciente, pensé que estabas muerto, que te habías ahogado, pensé que yo también estaba muerto, nada parecía real −Un par de lágrimas recorrieron los pómulos de Emanuel−, y luego abriste los ojos y supe que estábamos vivos. Y nuestras miradas. Me viste y yo te vi, sentí que todo era posible. Me sentí un héroe, creo que nunca me he sentido igual de bien que en aquel momento. Fue glorioso.

−Yo nunca he intentado suicidarme −Eduardo, con los ánimos calentados, se irguió con un semblante fruncido.

−Sí, sí lo hiciste. Y me odiaste por salvarte. Tiempo después me enteré de que estabas esparciendo chismes sobre mí y mi hermano ¡Qué agradecido mi amigo! Querías que los demás dejaran de hablar de tu familia, de lo locos que estaban todos y te limpiaste el culo conmigo. Con el único que estuvo siempre para ti. Todos comenzaron a decirme Morrison, todos comenzaron a hacerme preguntas estúpidas e hirientes sobre mi hermano, ¡Él no tenía nada que ver! Me calenté y un día fui a encararte, y sí, quería golpearte, Eduardo, quería que cerraras tu maldito hocico, ¡Ah, estaba lleno de rabia! ¿Y de qué me sirvió? Mi hermano y yo tuvimos que irnos de La Tierra de Dios. Pero estoy devuelta, amigo. Vine a terminar lo que comencé —Emanuel llevó su mano derecha a su cinto y sacó un cuchillo de caza que ocultaba bajo su camisa—, Siempre fuiste un amigo de mierda.

—¡Mentira! Solo quieres confundirme. ¿Y yo soy el mierda?

Eduardo notó que el cuchillo temblaba en las manos de Emanuel.

Emanuel se acercó lentamente con una mirada flameante.

Eduardo caminaba en círculos, rodeándolo, los dos giraban y se aproximaban. Y una vez cerca, Emanuel intentó clavarle el cuchillo, pero Eduardo lo repelió con su linterna, el sonido estridente del plástico y el metal creó ecos en la habitación y en sus mentes.

—Todo el que acerca a ti acaba hecho mierda —puntualizó Emanuel.

—¡Cállate! —Eduardo sorprendió a Emanuel empinándole un puñetazo en la nariz.

Emanuel retrocedió y se llevó la mano izquierda a la cara. Vio sangre en su mano. Apretó los dientes y las venas se le marcaron en las sienes.

Comenzó a brotar agua de la trampa del suelo por la que entraron en la habitación.

—¿Me mirabas como tu amigo? —Emanuel giró bruscamente su brazo y logró hacer una leve incisión en el pómulo derecho de Eduardo— ¿O me odiaste desde que nos conocimos?

—¡Te odio desde que comenzaste a decir mentiras!

—Siempre me tuviste envidia. Mi casa era más grande, mi familia más unida, mis notas en la escuela eran mejores.

125

Eduardo detuvo el brazo de Emanuel y forcejaron.

–Y lo que más te jodía–bramó entre dientes–, lo que te reventaba era que mi hermano no era un maricon como el tuyo.

Eduardo le dio un cabezazo y se abalanzó encima de él. Y cerró sus manos en la garganta del que alguna vez fue su mejor amigo.

Y Emanuel insertó su cuchillo en el pecho de Eduardo.

La hoja del cuchillo estaba helada como un invierno a media noche.

Y un sentimiento fugaz como las golondrinas se asomó en el alba de su locura.

Ni una sola gota de sangre emanó de aquella profunda herida.

Eduardo echó espuma por la boca y mostró sus dientes como un perro rabioso.

–Nada importa… –murmuró Emanuel con la voz ahogada–, porque tú ganaste hace mucho tiempo… todos están muertos…

Emanuel soltó el mango del cuchillo, sus brazos, libres de agonía, cayeron en el charco que los rodeaba. Cerró lentamente los ojos, y no encontró diferencia entre la oscuridad que albergaba tras sus parpados y el rostro de Eduardo Acevedo.

Cuando Eduardo recuperó la humanidad, se encontró a sí mismo en una esquina de la habitación, abrazando sus rodillas inmersas en el agua, con el cuchillo flotando cerca de él, igual que el cadáver de su mejor amigo. Eduardo se disculpó, se disculpó mil veces en un segundo.

Algo brillaba al otro lado.

Una luz reflejada en un espejo.

Eduardo gateó hasta la luz, arrastrándose en el agua como un gusano de mar. Y una vez bajo el espejo, levantó la mirada y todo se volvió brillante.

48

Fría. Era una tarde muy fría.

Kris estaba en el garaje Emanuel, su mejor amigo, buscaba una herramienta para ajustar las llantas de su bicicleta. Un soplido gélido entró por la ventana, a Emanuel le castañearon los dientes, la cerró y observó su barrio a través de esta: no había nadie. El viento arrastraba bolsas, pétalos, polvo y lo que anduviera suelto. Las láminas de sus vecinos temblaban como si fueran a desprenderse en cualquier momento.

–Me vas a tener que prestar un suéter –dijo Kris mientras sacaba ordenadamente destornilladores de una caja (colocándolos encima de un banco de trabajo, separándolos del más pequeño al más grande).

–¿Qué frío más cerote, va? –Emanuel volvió la mirada hacia su amigo y se dispuso a ayudarle en su búsqueda–. Creo que está en esa –agregó al tiempo que señaló una caja sobre una repisa.

Kris jaló una silla y se subió en esta para poder alcanzar el juego de herramientas.

Kris le pasó la caja a Emanuel y él la puso sobre el banco de trabajo. Al abrirla encontró al instante lo que su amigo buscaba.

Mientras Kris ajustaba las llantas de su bici, Emanuel dio un par de vueltas por el garaje, con vista perdida en el cielo falso y los brazos alrededor de la cabeza. Y es que algo rondaba su mente, pero no tenía idea cómo expresarlo.

Emanuel había escuchado un rumor, una completa tontería que no se creía… ni dejaba de creer. Y quería confirmarlo, quería saber la verdad. Aunque tenía la espinilla de que su amigo a veces podía ser un poco raro, es decir, si se lo tomaba a malas las cosas podían salirse de control porque Kris es muy frágil e impulsivo (igual que una granada). Tampoco es que fuera la gran cosa, si no era verdad, podrían incluso reírse un rato.

—Kris, ¿qué tan cierto es eso que dicen de Salvador?

—¿Qué cosa? —inquirió Kris con cierta indiferencia.

—Dicen que es... —Emanuel tropezó con la palabra que quería decir, hasta que finalmente la dijo—: hueco.

Kris levantó suavemente la mirada acristalada que semejaba las de un ratoncito indefenso. Un suspiro tan frío como el viento salió de sus labios. Y lo único que pudo decir al respecto fue: nada.

Porque sabía que era verdad.

Y aunque sabía que podría vivir con eso, pues se había jurado nunca mencionárselo a nadie, supo en ese instante que en realidad fue el último en enterarse. Todos lo sabían. Todos hablaban sobre eso. Todos se burlaban de su amado hermano.

Y de él, por supuesto, las comparaciones no se harían de esperar, y es que todos pensarían que él también lo era y nadie querría hablarle nunca. Lo señalarían, se reirían a sus espaldas, le pondrían todo tipo de apodos.

—¿Qué pasó? —preguntó Emanuel un tanto inquieto por la expresión, o, mejor dicho, inexpresión de su mejor amigo—. Igual yo sé que no es cierto.

Kris parpadeó y movió un hombro involuntariamente. Se sentía desnudo, invadido, herido.

—Yo no sé nada sobre eso —mintió.

—Es una tontera, Kris, no importa. Yo ya sabía que no era cierto —Emanuel caminó hacia el umbral—. Voy a traer el suéter que me pediste.

A Kris le temblaban las manos, por lo que era inútil seguir ajustando las llantas de su bici, su mente estaba fragmentada en charcos lodosos y mientras sus ideas transitaban a una velocidad demoledora sobre estos, las ruedas de su tren imaginario tan desgastadas como su cordura y mientras más pensaba, más le dolía. Su hermano no era una mala persona, y realmente no hacía ningún daño a nadie. Pero todos lo señalaban, todos decían que era raro, incluso sus padres lo miraban diferente desde hace tiempo, como si fuera un apestado que no quieren tocar ni con un palo. ¿Y por qué? ¿Cuál fue su crimen? Todo era tan confuso. Nada parecía real.

—¡No pongas esa cara! ¿Ya olvidaste que tu amigo Rafael tiene la solución a todos tus problemas? —la sombra de Rafael apareció bajo el carro de los padres de Emanuel. Sus ojos brillaban tanto como las estrellas.

—No... —susurró Kris mientras veía el umbral—, tienes que irte.

—¡Pero me necesitas, Kris! —Rafael se arrastró fuera del auto y estiró todas sus articulaciones, no cabía del todo en el garaje, por lo que se encorvó mientras mantenía la mirada clavada en su amigo—. Podemos salvar a Salvador ahora mismo, Kris.

—¿De qué estás hablando?

—Es sencillo, Kris, solo tenemos que darle a la gente otro tema del cual conversar.

—No entiendo —A Kris le dolió tanto la cabeza que tuvo que taparse los oídos porque cada palabra que decía Rafael le parecía una ráfaga de cristales rotos azotando su mente.

—Solo tenemos que tomar esto —Rafael estiró sus largos dedos sobre la mesa con herramientas y tomó unas tijeras para podar césped—, abrir esto —Rafael abrió la tapa del carro. Y su cuerpo se ensombreció como la noche misma mientras sus ojos brillaban como nunca antes. La luz cegó a Kris—. ¡Y CORTAR ESTO! —Rafael metió las tijeras en el órgano del motor y cortó un par de cables. Cerró la tapa y entre risas burlonas, desapareció bajo el carro.

Emanuel entró al garaje con una prenda entre las manos.

—Parece que viste a tu mamá en calzón —dijo Emanuel al ver a su amigo con una expresión que no sabría explicar si era de querer llorar o morir—, ponte esto y vamos a la sala, vamos a jugar Play.

Kris vio a su amigo a los ojos. "No he sido yo", pensó.

Intentó advertirle de lo ocurrido, pero algo falló dentro de él. Quizá era cosa de Rafael, que tocó algún suich oculto dentro de su cabeza que apagaba su consciencia, ya que Kris se desmayó.

49

Eduardo despertó.

Estaba sobre una cama tan cómoda como una piedra, con sabanas tan suaves como escamas de pescado, en una habitación tan fría como un congelador. Apenas pudo mover los parpados. Todos sus músculos estaban entumecidos. Su ropa estaba húmeda e incluso con diminutos rastros de hielo. Rodó en la cama hasta caer al suelo y eso lo hizo entrar en plena consciencia.

Salió de aquel cuarto frío y entró en un pasillo con extrañas figuras en las paredes. Eran pinturas. Todos se caracterizaban con ojos. Por ejemplo, en uno se podía apreciar un prado calmado, con suaves líneas que semejaban al viento y remolinos en las montañas, pero que, en vez de un sol en la puesta, un enorme ojo negro se alzaba ante la quietud. En otra se podía ver un bosque misterioso en el que libélulas purpuras y luciérnagas con luz amarillenta pululaban bajo la luna, sobre las copas de los árboles, el reflejo de la luna en el lago se proyectaba como un ojo grisáceo, transparente, fantasmal.

Y Eduardo podía sentirlas. Podía sentir las obras.

Lo estaban vigilando.

Lo estaban vigilando desde hacía mucho tiempo.

Eduardo subió unas gradas hasta una enorme sala atestada de butacas. ¡Era un cine a toda regla! Eduardo subió hasta el punto más alto y se sentó en medio, a modo de tener un plano perfecto de la proyección. Rápidamente se dio cuenta de que aquella pantalla no era una pantalla sino un enorme espejo que reflejaba un fragmento olvidado de su pasado.

Todos los colores se fundieron y reinó la luz.

50

Su padre los llevó a cazar. Tenía la intención de forjarles un carácter recio como el suyo (especialmente a su hijo mayor, Salvador, quien daba indicios de estar torcido). Subieron la montaña, Eduardo cargando el rifle y los machetes en la espalda y Salvador llevaba una hielera y utensilios para amarrar a sus presas.

—En mis tiempos no se cazaban animales —contó el padre—, eran personas, personas que también lo buscaban a uno para cazarlo —una bandada de mariposas los sobrevoló, a pesar de que el cielo estaba despejado y lucía reluciente, soplaba una brisa violenta que los hacía cerras los ojos porque en su corriente arrastraba tierra y hojas secas.

—Ya nos habías contado, papa —dijo Salvador con poco interés en el asunto—. En los tiempos de la guerrilla, acuerdos de paz y todo eso...

—Ajá, y mil veces más lo voy a contar para que no se les olvide —el padre revolvió suavemente el cabello de su hijo menor, Kris, y agregó—: ¿A ti también te aburren las historias de tu viejo?

—¡Por supuesto que nos gustan! —exclamó Rafael, oculto entre las sombras de los árboles, pero dejando entre ver su mirada brillante y acristalada. —¡Kris, pregúntale a cuántas personas mató!

Kris giró su mirada hacia Rafael y se llevó el índice a los labios, indicándole que se callara.

—Son buenas historias, papá.

—¿Oíste, Salva? Al menos sé que cuando me muera alguien me va a recordar.

Salvador torció los ojos y le dijo a su padre que la edad lo estaba poniendo dramático. Todos rieron, incluyendo Rafael.

Después de un rato de tanto andar, el padre les pidió que guardaran silencio y que lo siguieran. Allí estaba, un tranquilo ciervo comiéndose unas flores amarillas. Todos se ocultaron entre unos arbustos. El padre le dijo a Kris que le diera el rifle a Salvador. Cuando Salvador tuvo el arma entre las manos, sintió una presión en el pecho, como si le hubieran pateado el corazón, como si se lo hubieran pateado, escupido, orinado y cagado. Salvador no quería hacerle daño al animal.

—Ya sabes, mijo, sin dudarlo, como los hombres —el padre estaba convencido de que, si lograba que su hijo mayor actuara como los hombres, este dejaría poco a poco de ser un tibio y comenzaría su transición hacia la adultez, a la hombría.

Salvador no quería hacerlo.

Tampoco quería decepcionar a su padre.

Así que se disculpó mentalmente con el animal y una lagrima rodó por su mejilla. Aspiró hondamente y deseó que en ese momento llegase el fin del mundo, que del cielo cayeran bolas de fuego, que las estrellas se tragaran al universo con su luz, o que una bomba nuclear acabase con todos.

Salvador apretó el gatillo.

Pero la bala no penetró en el animal, no estuvo ni cerca.

El venado saltó tan alto como su altura y se escabulló entre los árboles.

—¡Mierda! —gritó el padre.

—¡Fallaste apropósito! —exclamó Rafael al tiempo que sujetó entre sus manos la cabeza de Salvador, y, aunque este no lo podía ver, Kris contempló aquello con una expresión de miedo que su hermano mayor atribuyó a una razonable decepción.

—¡Vamos! —los llamó su padre, siguiéndole el rastro al animal—. Este hijo de puta no sale vivo de aquí.

Lo buscaron durante casi dos horas, y cuando estuvieron a punto de rendirse, lo encontraron a unos once metros, lamiendo la corteza lechosa de un árbol.

–Dáselo a tu hermano –ordenó el padre– Ahora te toca, Kris.

–¡SÍ, YA ERA HORA! –Rafael no cabía de furor.

Kris tomó el rifle con religioso respeto.

Siguió las indicaciones de su padre y se puso en posición.

–Míralo, Kris –susurró Rafael en el oído de su amigo–, su vida es tuya, ¿Lo sientes? ¿Puedes sentirlo? Cierra los ojos, Kris y míralo con el corazón.

Kris concentró todos sus sentidos en el animal.

Y lentamente cerró los ojos.

Y entre la oscuridad pudo ver una imagen mental de su presa.

Y sintió su respiración, escuchó los latidos de su corazón, e incluso le leyó el pensamiento.

Kris abrió los ojos, como despertando su modo más salvaje.

Y apretó el gatillo.

Le dio en la nuca.

Se irguió y caminó hacia el animal.

Y mientras contemplaba su obra, Rafael comentó:

–Se siente bien, ¿verdad? ¡Estoy orgulloso de ti!

El ciervo todavía respiraba. Kris acarició su pelaje, se sentía cálido como una tarde de verano. Y olía a flores frescas.

Kris lo abrazó.

Era suyo.

No podía creerlo.

Era suyo, había nacido para ese momento, para su gusto personal, para entregar su vida. La emoción fue tanta que Kris se desmayó en el lomo del animal, con el esbozo de una tierna sonrisa y los ojos llenos de lágrimas que no logró retener.

Eduardo sentía que nadaba entre las nubes, el cielo y los mares se habían fundido y las nubes eran suaves como la seda y las estrellas pequeñas como botones.

Una luz se divisaba entre montañas de colores.

Eduardo estaba dentro de una especie de closet, y tenía la certeza de conocer al dueño de aquellas extrañas prendas femeninas.

Y la idea le daba tanto miedo que no quería pensar, simplemente no quería, lo que deseaba era llorar y huir ¿pero a dónde? Había sido consumido por la ropa, oprimido por esta, por sus colores, por los listones, blusas, calzones, calcetas, faldas y tirantes. Se sentía ahogado, perdido.

Un viento con perfume de flores agitó todas las prendas y Eduardo cayó de espaldas. Su sorpresa fue infinita cuando advirtió que desde el suelo el desplazamiento era menos engorroso, pues las ropas no llegaban hasta abajo, así que se arrastró, se arrastró evadiendo la realidad como siempre lo había hecho, en un plano en donde la consciencia no llega, un plano imaginario entre lo que es mentira y verdad, entre la culpabilidad y el miedo, entre el dolor y la tristeza.

Llegó hasta la luz. Era un bombillo colgado de un cable, bajo este, una silla con una cámara encendida.

Cuando Eduardo examinó las fotos de la cámara, muchos de los nudos que se habían enredado en su mente fueron liberados. Y pudo por fin llorar por tristeza mientras veía fijamente la fotografía en la cámara. Y es que no era una foto en sí, sino un fragmento que había olvidado porque sabía que ese día su vida había cambiado por completo, no era más que el inicio de los problemas con su familia.

Kris tenía previsto irse de campamento con sus compañeros de clase, pero hacía tan mal tiempo que a los encargados no les quedó más que reprogramarlo para el siguiente fin de semana. Desde el amanecer se anunciaron noticias por la radio sobre desastres extraños: el recién nacido de una joven veinteañera salió disparado de su carruaje por una repentina corriente de viento. El bebé fue a parar a la calle donde una moto le pasó encima, arrancándole la vida en menos de un suspiro; Unos chicos que jugaban futbol en el complejo deportivo se vieron envueltos en una polémica que llegó en segundos a los oídos de todo el Puerto, y es que un delantero pateó el balón al tiempo que una violenta corriente de viento sopló, esto le dio un impulso al balón como el de una bala, y fue a parar justo al pecho de un jovencito, quien del golpe escupió sus viseras.

No era día para campamentos.

Algo andaba mal con la realidad, parecía que Dios había amanecido de malas.

Kris caminó hacia su casa sin incidente alguno. Líneas rojizas bamboleaban en el cielo. La luna podía verse en plena tarde, y era como si el sol y la luna formasen una mirada, con rostro sanguinolento, lleno de nubes que formaban los cabellos de su barba infinita: el rostro de Dios. Un Dios que veía a su tierra con odio y desprecio. Y haría cualquier cosa para manifestar su molestia en la vida de cada uno.

Kris llegó a su casa, advirtió un sonido extraño viniendo dentro de ella: era música, música electrónica. La entrada estaba cerrada y estuvo a punto de gritar pidiendo que alguien abra, pero pensó que por la música nadie lo escucharía, así que se escabulló por la ventana. Subió al segundo piso y fue directo hacia el ruido. La puerta de la habitación de su hermano estaba medio abierta, pero al asomarse, no vio a su hermano, sino a una chica bailando con otra mientras se tomaban fotos con la cámara que su abuela le había regalado a su hermano mayor, Salvador. Kris pensó que ellas, aprovechando de que no había nadie, se metieron a robar. Y dispuesto a ir a pedir ayuda a los vecinos, corrió por el pasillo, pero se detuvo como si algo hubiera congelado todos los músculos de su cuerpo en aquel momento, pues escuchó la voz de su hermano proviniendo de la habitación. La música cesó y escuchó a su hermano atendiendo una llamada. Hablaba con un tono recio, pasmado y cauteloso. Kris volvió a asomarse en la puerta, y vio a una de las chicas hablando con la voz de su hermano, era la que llevaba minifalda morada con tirantes negros y una camisa blanca con rayas y puntos. Era su hermano, Salvador, con cabello largo y lacio, las pestañas largas, los labios rosados, la minifalda dejaba ver sus atléticas piernas que lucían calcetas largas con un listón. Y cuando colgó la llamada, aclaró su timbre y habló con una voz que Kris no conocía, era como si fuera una persona diferente. Una chica.

La realidad se deformó frente a sus ojos.

Y nacieron laberintos en su mente.

Que daban todos hacia el mismo lugar.

Un abismo tan profundo como el universo.

Y Kris pensó que nada era real, ni siquiera él.

Que su nombre quizá no era Kris, que Kris era otra persona y él era un disfraz como el que usaba esa chica cuando se vestía de su hermano.

Kris se encerró en su habitación y se metió bajo sus sabanas. E intentó llorar, pero no pudo porque sus lágrimas no serían reales. Dio cientos de vueltas en su cama mientras se batía bajo las sábanas como si estuviera luchando contra un monstruo en un bosque oscuro. Kris quería destruir a ese monstruo porque él alteraba la realidad, si lo derrotaba todo volvería a su concordancia: ya no había armonía solo alteraciones y su mente era un espacio de cristales rotos sobre los que corría descalzo.

En algún momento Kris se quedó dormido y siguió su batalla en el mundo de los sueños.

Alguien tocó su puerta y eso lo despertó.

Kris abrió los ojos y vio que el sol se había ocultado.

Se levantó con la espalda adolorida, con una leve emoción por la vaga certeza de que todo lo vivió en sueños.

Era su hermano, como lo había conocido siempre.

—Ven —dijo Salvador, alejándose de la puerta, camino al piso inferior.

Kris lo siguió. Una suave brisa recorrió sus piernas.

Salvador se metió a la cocina. Sacó algo del microondas.

—Hace media hora te hice la comida —Salvador puso el plato sobre la mesa—. Mamá me llamó para contarme que cancelaron tu campamento y me pidió que te hiciera de comer.

Kris se acomodó en la silla, levantó el tenedor y lo hundió en los macarrones en completo silencio.

—Estoy seguro de que no me hablaste porque nos viste. Y creo que tenemos que hablar sobre eso —Salvador no sabía cómo abrir el tema.

Kris separó el arroz de las verduras mientras masticaba con lentitud.

—Siempre me he sentido diferente a los demás…

Kris tomó una servilleta y se la pasó por los labios.

—Y eso me entristecía mucho. Tuve una infancia horrible, era como tener un monstruo en mi espalda, ¿comprendes? Algo andaba mal dentro de mí. Tenía mucho miedo.

"Un monstruo…", se preguntó Kris mientras cortaba un pedazo de pollo y lo bañaba en un poco de salsa.

—Hasta que descubrí el error. Lo encontré frente al espejo —Salvador sintió tanta vergüenza que las palabras apenas podían salir de su boca. Nunca había contado su historia.

Kris juntó unos pedazos de pepino y lechuga y los pinchó con el tenedor.

−Y después de años de dolor y tristeza, supe que debía hacer algo para... para corregirlo. No es fácil y pasará mucho tiempo hasta que pueda alcanzar mi sueño, pero mientras tanto puedo aspirar a algo de eso. Puedo verme como me gustaría verme, como realmente soy.

Kris puso el tenedor sobre la mesa.

−¿Nunca hemos sido hermanos? −preguntó sin dirigirle la mirada a Salvador.

−Siempre lo seremos, Kris, eres mi niño. Mi persona favorita. Y puedes estar seguro de que siempre te voy a amar... y yo... −Salvador cerró los puños y sus manos temblaron, bajó la mirada, inspiró profundamente y desató el nudo que había tenido toda la vida en su garganta−, y yo quisiera... yo quisiera que me amarás también −a Salvador se le quebró la voz.

−Muchas gracias −dijo Kris.

−¿Qué?

−La comida estaba rica.

−No me gustaría que le contarás a nuestros papás nada de esto... −Salvador aclaró su voz−. Yo se los diré algún día.

−No creo que les guste.

−¿Y a ti?

Kris se levantó de la silla y se dispuso a subir hasta su habitación. Pero antes de llegar a las escaleras, vio a su hermano sobre el hombro y dijo:

−Te quiero, quién quiera que seas.

Kris abrió la ventana de su habitación y se metió en su cama.

Todo era tan raro.

Y el mundo le daba tanto miedo.

Nada parecía real.

53

Eduardo abrió los ojos y se encontró en un pasillo común

y corriente, con viento cálido pululando, frente a la única puerta que le era familiar. Y es que, por extraño que pareciese, aquella puerta era idéntica a una que había en su casa.

Eduardo levantó sus palmas a la altura de su pecho y las vio con detenimiento, juntó sus dedos, quería sentirse, quería asegurarse que era real. Y aun sin la convicción, abrió la puerta que estaba frente a él.

Era el cuarto de cachivaches, donde su familia guardaba todo tipo de cosas que ya no usaban, pero que no estaban dispuestos a tirar, como espejos, adornos, sombrillas, abrigos, sombreros, muebles viejos, etcétera. A Eduardo le sorprendió ver los reconocimientos de su madre comiendo polvo sobre una estantería: todo tipo de congratulaciones en papel y plaqueta que destacaban su labor como escritora. Las medallas de su padre, que resaltaban su mérito en sus años militares estaban colgadas sobre un perchero como si no fueran nada. Los dibujos y manualidades de Salvador estaban por todas partes. Eduardo acarició uno, la acuarela todavía estaba fresca.

Todo lo que había olvidado ahora estaba frente a él. Escuchó una risa provenir de el cajón de juguetes. La gran verdad lo hizo estremecer. Eduardo puso sus manos en la tapa, y pudo escuchar la risa con más claridad, era la de su hermano, tan aguda como como una canción alegre. La abrió y sacó un muñeco de trapo que su hermano le había hecho. Eduardo vio los ojos de botones de su juguete mientras en su mente se repetía el momento en el que su hermano se lo entregaba. Fue en una tarde lluviosa, estaban solos y aburridos en casa, dos días atrás Eduardo le había pedido a su hermano un atrapa sueños para cuidarse de los monstruos que se meten a su cabeza cuando duerme. Su hermano en vez de esó, le hizo un muñeco con trapo, hilo, paja y botones. "RAFAEL, EL DESTRUCTOR, llamó a aquella creatura inanimada. Le dijo a su hermanito que Rafael destruiría a todos los que le hicieran daño. A partir de ese día, Eduardo jugaba todos los días con su muñeco, lo tomaba del cuello y lo giraba como si fuera un látigo, lo aventaba como si fuera un avión de papel... y le hablaba como si lo escuchara.

"Huele a tierra mojada", se dijo a sí mismo mientras colocaba el juguete fuera del cajón.

Eduardo sacó otro muñeco, esta vez uno de plástico con fantásticas articulaciones. Eduardo lo había encontrado como regalo en una caja de cereal. Con su otra mano Eduardo escarbó en el fondo de la caja y acomodó unas hojas que lentamente rescató, era un relato que su madre había escrito años atrás. Eduardo encontró aquellas páginas en el estudio de su madre, mientras ella estaba en un viaje. Sobre un mueble, bajo un canasto, el montón de hojas estaban acomodadas en una tablilla con gancho. Eduardo leyó las primeras hojas y se emocionó tanto que no pudo evitar salir corriendo hacia el cuarto de su hermano para mostrarle su descubrimiento. Salvador le advirtió que su madre era extremadamente recelosa con sus obras, y más con las recién hechas, pero a Eduardo poco o nada le importó, al cabo, tenían en su poder lo que sin duda sería la mejor historia jamás escrita en la tierra de Dios: Imaginaria. Eduardo le rogó a su hermano que le leyera Imaginaria antes de dormir, él aceptó sin más porque también quería conocer el trabajo de su madre.

Y así fue, Salvador leyó hasta la última página del manuscrito de Imaginaria, pero la historia había quedado inconclusa y ambos se quedaron con un sabor agridulce entre los labios, ni Eduardo protestó ni Salvador se excusó, el vacío era tal que se movía entre líneas quebradizas que se habían formado entre los hermanos, estaban conectados, cómplices en un pecado y nadando en su flagrancia, como los ladrones que robaron una bolsa llena de lingotes de oro, y al ser examinada fuera de peligro, descubren la nada absoluta.

Pero Salvador no podía dejar que las cosas se quedarán

así, habría sido una falta de respeto a la obra, y a la bien-aventuranza de su hermano. Salvador giró su mirada hacia la nada y encontró la respuesta que estaba buscando, su sombrero negro, al verlo detonó dentro de él la luz de las ideas. Tomó el muñeco de articulaciones fantásticas de Eduardo y rápidamente le elaboró un sombrero como el suyo, con copa de fomi y ala de cartulina, creando de ese modo una nueva vía para continuar la historia. "TRISTÁN, EL CONQUISTADOR", Presentó con orgullo al nuevo personaje que le daría un giro a la historia. Salvador dejó a un lado el manuscrito y creó los capítulos de la Nueva Imaginaria sobre la marcha, agitando al muñeco quien era el protagonista de aquella parte. Tristán, con el poder que le confería el Señor Oscuro a través de las perlas malditas (que tras su fusión creaban el sombrero del mal), derrotó a todos los reinos de su mundo, esclavizando a todos sus habitantes. No fue tarea fácil pues antes tuvo que enfrentarse con todo tipo de héroes, e incluso, con la protagonista original de la historia. Y es que Salvador proyectó sus emociones. Quería que la obra de su madre ardiera, que sus personajes, mundos y culturas desaparecieran, y lo hizo conquistando su dolor. Aquella noche Eduardo durmió abrazando a su muñeco, Tristán. Había sido una de las mejores noches de su vida. Soñó con un mundo ardiendo bajo el imperio de un forastero.

Salvador se llevaría el manuscrito a su habitación.

Devorado por recuerdos, Eduardo puso el muñeco junto al de trapo, y se concentró en el manuscrito. Leyó Imaginaria y mientras lo hacía las letras perdían su color, brillando como lunas, y el papel se transformó en un cristal, un cristal que reflejó su pasado.

54

Eran las diez de la noche en un sábado aburrido.

La tarde habría transcurrido con tranquilidad si la madre de Kris no hubiera estado merodeando de aquí allá revolviendo cajones como un ratón en busca de su manuscrito. Kris y Salvador sabían lo que ella buscaba, pero tenían miedo de decirle la verdad, que lo habían tomado, leído... y terminado.

Salvador escondió el manuscrito bajo su colcha y permaneció todo el día en casa con tal de no darle chance a su madre de buscar en su habitación.

La noche cayó, la madre pareció rendirse, y con gestos que denotaban que los años la habían arrollado, se encerró en su cuarto y permaneció en un silencio sepulcral, tal como si se hubiera metido en su propia tumba.

Los jovenes se relajaron, todo estaría bien. Ella volvería a salir, pondrían el manuscrito en su lugar y todo quedaría zanjado.

Eduardo veía El Extraño Mundo de Jack en la televisión mientras comía galletas rellenas de maní y cubiertas con chocolate.

Y de repente, escuchó un grito proveniente del piso de arriba.

Era su madre.

Kris, sobresaltado, tiró al piso las galletas y apagó el televisor.

Subió las escaleras, pero se quedó a medias cuando escuchó a su madre gritando el nombre de su hermano.

Las cosas no se habrían salido de control si papá hubiera estado en casa.

Salvador fue al baño y cuando su madre escuchó que cerró la puerta, se deslizó como serpiente en su habitación.

Ella no se había rendido, al contrario, los observaba con los oídos. Y no era tan difícil adivinar que era Salvador quien tenía su manuscrito, pues Kris andaba como sí nada en la casa, mientras que el otro no había salido en todo el día de su cuarto.

Y lo encontró, como si lo hubiera seguido el olor del papel bond o visto con unos ojos de cristal que trascendían al plano dimensional de su humanidad.

Y cuando encontró sus hojas, gritó de júbilo y rabia.

Salvador salió del baño, y cuando advirtió lo ocurrido, intentó huir, pero antes de llegar a las escaleras, su madre lo sujetó del brazo.

Salvador y Kris se vieron a los ojos y sin mediar palabra, comprendieron que todo había terminado para los dos.

Su madre tiró del brazo de Salvador y lo increpó cara a cara.

—¿Por qué me haces esto?

Kris bajó a rastras las escaleras, abandonando a Salvador a su suerte.

Salvador tartamudeó palabras poco coherentes.

—Eres… eres un maricón y encima un ladrón… ¡No sabes la importancia de esto! ¡Esto arreglaría mi vida! Esto… esto es mi vida.

—Mamá…

—¿Qué? —ella arqueó las cejas y masculló las palabras entre sus secos labios—. ¿Según tú tu madre no se va a dar cuenta de lo que eres? Yo… pensaba que estaba bien siempre y cuando no tocáramos el tema, pero hoy me doy cuenta de mi error, y es que todo este tiempo has estado enfermo, más enfermo que yo, más loco que yo, y no he hecho nada, no he dicho nada, y ahora me como toda la mierda por intentar ser una buena madre.

—Mamá…

—¿Sabías lo que quería hacer tu papá? ¡Enviarte al extranjero con tus tíos para que no lo avergonzaras! ¿Pero por qué mi hermano y cuñada tienen que sufrir mis errores?

—Qué estás diciendo…

—Yo sabía, sabía que lo habías metido en el lugar donde escondes tu ropa de mujer.

—E-eso no-no es mí-mío. Es... es de una a-ami-a-amiga.

—¿Crees que tu madre es estúpida?

—¡No es mío! ¡Lo juro mamá, eso no es mío! —Salvador se zafó de su madre y bajó las escaleras rápidamente. La cabeza le daba vueltas, nada parecía real, cada segundo se estremecía en su fragilidad.

Kris se había ocultado en el pequeño cuarto que usaban para guardar cachivaches como escobas, utensilios para los vehículos y todo tipo de cables y cualquier cosa que no estuvieran dispuestos a tirar. El juego de espejos que su madre había comprado meses atrás también estaba allí, al parecer ella no había encontrado un lugar idóneo para colgarlos. La luz entraba en hilos entre las hendiduras de la puerta.

—¡A dónde crees que vas! —le gritó su madre al tiempo que lo abrazó por la espalda. Forcejearon unos segundos hasta que su madre logró llevarlo hasta la cocina.

—¡Suéltame!

Kris no soportaba los gritos de su madre y hermano, se tapó los oídos, pero era inútil, sus acaloradas voces resonaban en su cabeza con sensación sísmica. Sabía que todo era su culpa y nada podía hacer para detenerlo, el mundo temblaba con los ecos de los delirios de su madre, quería que la oscuridad lo tragara, el miedo ardía en sus pupilas de fuego. Era el fin del mundo.

Kris observó con detenimiento el espejo ovalado que tenía a un costado. La realidad era triste y le dolía tanto, su familia había roto la realidad; su madre con sus comportamientos cambiantes y su hermano con su habilidad camaleónica. Todo era real, el dolor era real. Todo era real, la tristeza era real. Todo era real.

—¡Todavía puedo remediar mi error! —la madre tomó un cuchillo de la mesa—, ¡Puedo tener la familia que siempre quise! ¡y la historia que siempre deseé contar! ¡y la vida que me merezco!

Todo era real.

—¡Yo también quiero ser feliz!

Todo era real.

La madre levantó la mano con el cuchillo.

Y Salvador, en su desesperación, tomó un florero y lo estrelló la cara de su madre.

Todo era real.

La madre cayó al suelo como la pluma de un ave que voló tan alto y se desplumó por las fuerzas de un universo que le fue imposible alcanzar. Salvador se llevó las manos a la boca.

—Perdón… mamá, perdóname…

La sangre de su madre fluyó entre cristales rotos y las hendiduras del suelo.

—No… no… ¡Dios perdóname! ¡Dios no me hagas esto! Te juro que no volveré a pecar, te lo juro, por favor. ¡Esto no puede ser real!

Todo era real.

Su madre estaba muerta.

Todo era real.

Kris sabía que lo era.

Pero podía dejar de serlo.

Podía… podía huir del mundo.

El espejo era en realidad un portal.

Sus nervios transitaban la cumbre más alta de su consciencia. Su mirada se perdía en la amplitud de las tinieblas del espejo.

Un gran dolor le punzaba el corazón.

Una enorme tristeza le taladraba la cabeza.

Su existencia se encontró con un enorme vacío.

Estiró su temblorosa mano hacia el espejo.

Kris Rodas cerró sus ojos y se entregó por completo a su imaginación.

Salvador abrió la puerta del cuarto de cachivaches.

Al niño le dolía la cabeza como nunca antes. Se vio las manos y advirtió que sus dedos giraban como si tuvieran engranajes. Las luces que entraban por la puerta pululaban como esporas. El espejo estaba roto.

Salvador tomó la mano de su hermano menor y le dijo que tenían que irse rápido.

El niño estaba confundido, no recordaba nada, no entendía por qué salían de esa manera tan brusca de su casa ni por qué estaban en el carro de sus padres, ni por qué Salvador lo conducía a toda velocidad.

–Siento que en cualquier momento voy a estallar. Todo es tan pesado… –dijo Salvador arrastrando cada palabra mientras transitaban la avenida. Estaban saliendo de la ciudad.

Salvador frenó de golpe y el carro derrapó. Estaban en las inmediaciones de un puente. Se quedaron en silencio un momento, y pudieron advertir el sonido de las sirenas de la policía. Los estaban siguiendo.

–No… no, no –Salvador se llevó las manos a la cara–¿Por qué me haces esto Dios? ¡Yo solo quería ser feliz!

El niño vio a Salvador con miedo y extrañeza.

–No… –Salvador levantó la cara y vio la oscuridad de la carretera, y vio a través de ella, como si todo lo que alguna vez soñó se realizase en otro mundo. Sonrió y volvió la mirada hacia su hermano menor–, hermanito, perdóname, perdóname por favor. No te mereces esto –Salvador besó la frente de su hermano.

Kris, con el corazón agrietado, se aferró a su hermano para evitar que saliera del vehículo, le dijo que no podía dejarlo solo, que, si lo hacía, era porque no lo quería.

Salvador le respondió que no era así.

Que, si se iba, era porque sabía que estaría bien sin él.

Le dijo que debía crecer e intentar ser feliz, incluso con todo lo que había sucedido.

–Pero me dolerá muchísimo si te vas –dijo Kris entre lágrimas, intuyendo lo que sucedería.

Salvador lo abrazó. Le pareció que la respiración de su hermanito olía a chocolate y su pelo a limón.

–Mi dulce niño, lo que estás sintiendo no es dolor, es

amor. Yo también siento mucho amor por ti. Abraza este amor tan fuerte como a mí. Eres mi niño y yo viviré en tu alma. Estaremos juntos por siempre.

Salvador apartó a su hermanito y salió del vehículo.

Y se lanzó al río sin mirar atrás.

Desapareciendo como una mariposa que entra en un bosque.

O como los pétalos de una rosa moribunda.

O como la noche que besa al amanecer.

O como la estrella que deja de brillar.

O el corazón que deja de latir.

Como las lágrimas del rocío.

Como el llanto de un violín.

Y solo quedó el vacío.

Y cuando Kris fue consciente de su ausencia, como despertando de un sueño, un débil sentimiento de soledad recorrió su piel.

El niño salió del carro y se acercó al barandal.

Contempló la oscuridad del río, fraterno a él, y los recuerdos se amontonaron en su cabeza. Fue plenamente consciente de la maldad, de su culpabilidad, de sus ganas de morir.

Y en aquel momento de infinita tristeza… el niño escuchó una voz que le decía "Eduardo".

La voz provenía de un niño que levitaba sobre río.

Y lo veía fijamente con los brazos cruzados.

Aquel niño se veía un poco mayor que Eduardo, era pálido como los claveles, con unos ojos tan brillantes como las estrellas, vestido como cualquier niño, con zapatillas grises, camisa blanca de rayas negras y pantalones azulados, y un sombrero tan negro como la noche.

Eduardo caminó de espaldas mientras el otro ascendía por encima del puente y lo veía desde las alturas.

—Hola, Ed.

—Tristán —resopló con asombro.

—Ahora lo sabes, Ed —el niño del sombrero negro bajó al

suelo y se acercó con mirada inquisitiva para examinar a Kris.

—Me llamo Kris —puntualizó, cabizbajo, decepcionado de dicha afirmación.

—Ah... —el extraño niño caminó a su alrededor—. ¿En serio? El ultimo Kris que conocí había asesinado a un montón de animales, a los padres de su mejor amigo y también se intentó suicidar tal como su hermano lo hizo. ¿Hablamos del mismo?

Kris cayó de rodillas. El cuerpo le temblaba tanto que resolvió colocarse en posición fetal para contener los aullidos que precisaban emerger.

Tristán se sentó al lado de él y le habló mientras observaba el cielo de aquella noche infinita:

—Soy un monstruo... —murmuró Kris.

—Por eso me caes bien, Kris. Pienso que de alguna manera tú y yo somos iguales. Somos monstruos. Yo soy un conquistador y tú un soñador. Si combináramos nuestras fuerzas seríamos invencibles como dioses. Este mundo podría ser nuestro —Tristán levitó y estiró sus brazos y piernas—. ¡Dioses de este y todos los mundos de todas las realidades habidas y por haber! —volvió la mirada hacia Kris— ¿No te parece hermoso? ¡Los reyes de la existencia, Kris!

—Solo quiero... solo quiero que todos vuelvan.

—¿Qué?

—Quiero... quiero que todo vuelva a ser como antes.

—Ah... pensé que sería más fácil. Pero creo que tendrá que ser por las malas.

Tristán levantó su mano y cerró el puño y de pronto todo resplandeció. Kris no se encontraba en el suelo sino flotando entre nubes.

"Esta es mi historia y la realidad la dicto yo. ¡He de conquistar tu tristeza!", resopló una voz omnipresente, "Conozcámonos una vez más".

55

Kris abrió los ojos.

Se revolvió el rostro con las manos mientras intentaba recordar el sueño que había tenido.

Finalmente abrazó la resignación con la dulce ternura del olvido.

Kris se levantó de la cama y entre bostezos se acercó a su ventana. La abrió y una cálida brisa veraniega lo hizo sonreír.

Kris vio el reloj en la pared y recodó repentinamente que ese día tenía la última cita con su psiquiatra.

Se sentó en su cama e hizo memoria de sus sesiones anteriores.

Hacía más de un año que asistía, por insistencia de su padre, este pensaba que su pequeño hijo se había vuelto loco desde que su primogénito, Salvador, le dio muerte a su esposa y después se suicidó frente al menor.

56

Treinta y siete años atrás, cuando el psiquiatra Javier Xola recién cumplía la edad de quince años, fue reclutado de manera forzosa por el ejército de la República de Guatemala. En las reservas militares de Izabal fue donde conocería a Orlando, quien años después convertiría en el padre de su pequeño paciente. A diferencia de Javier, Orlando desde los seis años había estudiado en escuelas militares, por lo que su estado físico y mental estaba plenamente en forma para combatir a los guerrilleros que le habían declarado la guerra al Estado. Los jóvenes normalmente eran usados para ayudar a cargar equipaje, armas y heridos, pero cuando las bajas militares se contaban por decenas, los guerrilleros ganaban influencia y territorio, no quedaba otra que recurrir a los equipos de reserva, es decir, los jóvenes forzados a ejercer el servicio militar. A Javier siempre le temblaba el fusil en las manos, le resultaba absurdo el hecho de saber que tenía que matar a personas a las que nunca había visto antes, sabía que eran personas a las que les habían saqueado sus tierras, violado a sus mujeres y asesinado brutalmente a sus familiares y solo querían venganza, querían honrar a sus viejos y acompañarlos en el infinito, no le temían a la muerte y en cualquier momento, una bala entraría en el cráneo de Javier. Ese sería su final, ya no podría casarse, ni tener hijos, ni ir a las ferias, ni ver a su madre orgullosa de él, ya no podría hacer nada, absolutamente nada, la idea batía todas las fibras sensibles de su cuerpo ¡Era una estupidez! No quería matar ni ser matado, no quería formar parte de aquello, quería desertar y regresar a su casa, pero si lo hacía las consecuencias serían graves, pues tendría que someterse a un juicio como un criminal del Estado a través tribunales especiales que no se preocupaban si el pobre era menor o mayor de edad. Y fue en esos días en los que encontró una salida. Su amigo Orlando era sumamente influyente. Los militares sabían que no debían poner en riesgo a Orlando, una, porque les caía bien, otra, porque representaba el prospecto de soldado ejemplar… y última, porque sabían que podían usarlo de otras formas. Orlando habló por su amigo Javier, hizo ver las virtudes de este ante los tenientes encargados de la logística. Orlando logró que Javier evitara combatir y solo se le asignaran tareas sencillas de limpieza y apoyo. Javier veía como todos los días sus amigos y conocidos entraban en las instalaciones gritando de dolor porque les faltaba un brazo, pierna, ojo o tenían balas incrustadas en ciertas partes del cuerpo. Todos los días moría alguien con quien había estudiado en la escuela, alguien con quien jugó futbol en su barrio, alguien que se sentaba a su lado en la misa. Y no podía evitar pensar que podría estar en esa camilla, muriendo lentamente, si no fuera por su influyente amigo, Orlando Rodas.

Javier le debía su vida a Orlando y sabía que, si diagnosticaba a su hijo con alguna enfermedad mental severa, por disposición gubernamental, el padre estaría obligado a internar a su hijo en un hospital mental, y esas cosas son costosas, Javier sabía que su amigo dependía de su carente jubilación militar, sabía que, si internaban al hijo de Orlando, este probablemente tendría que volver a trabajar, posiblemente como taxista o lavando carros. La desgracia del que en algún tiempo fue su ángel protector ponía a prueba su juicio profesional. Javier había atendido a Salvador, el primogénito de Orlando, lo vio en dos ocasiones, realmente no tenía nada malo,* pero Orlando sostenía la idea de que las actitudes femeninas del joven eran, o bien una enfermedad mental, o un castigo de Dios. Y cuando emitió su dictamen final, validando su estado como el que tendría cualquier joven de su edad, Orlando se sintió profundamente decepcionado, porque según él, Dios lo había abandonado. Y ahora se le presentaba la oportunidad de ayudar a su amigo. Javier había estudiado la mente humana durante la mitad de su vida, había visto tanto auténticos milagros de recuperación como descensos sin retorno. Kris no se veía del todo mal, era un jovencito escurridizo y mentiroso, pero ¿Qué joven no posee esas características con esa edad? No estaba perdido del todo… en unas ocasiones Javier atendió a un primo que padecía los mismos trastornos que Kris, y encontrándose en la misma situación de no querer condenar a alguien a un manicomio, decidió experimentar. Le recetó a su primo un coctel de antidepresivos, una fórmula de especies químicas que, combinadas, pudieron reestablecer las funciones cognitivas de su primo. El joven no debía ser distinto, el ser humano se repite en todas sus formas, especialmente en las mentales, nuestras funciones neuronales son iguales, sí, la consciencia, esa voz invisible que nos debería aconsejar, cuando los tornillos se zafan, es ruidosa como un disco rayado, pero podemos callarla, podemos ponerle un bozal con sustancias, e incluso, una montura para poder cabalgarla, podemos recuperar el control, podemos reestablecer nuestra mente como si fuere una computadora. Javier estaba convencido de ese poder, sabía que, así como salvó a su primo de una factura que no podría pagar, lo mismo podría hacer por Orlando.

El psiquiatra arrancó con delicadeza la última hoja de su cuaderno de anotaciones sobre el caso de Kris Rodas y la dobló escrupulosamente antes de meterla en su maletero, no le cabía duda de que lo que hacía era incorrecto, iba en contra de la moral que ostenta su noble oficio. El psiquiatra presionó el pulsador de su bolígrafo retráctil y reescribió el estado de Kris, omitiendo los brotes psicóticos y esquizofrénicos. El profesional sudaba frío, tenía los nervios en la garganta, quería detenerse, no debía jugar a ser dios. Aquello ponía en peligro la vida de Kris y la de todos los que lo rodean, pero si funcionaba valdría el riesgo, podría salvar al joven y a la cartera de Orlando, si funcionaba incluso podría encontrar el patrón de aquella enfermedad, podría hacer diagnósticos más rigurosos, recetas más certeras, podría incluso elaborar una tesis sobre las enfermedades mentales y cómo curarlas. Si su experimento tenía éxito, podría convertirse en el mejor psiquiatra del país y ser reconocido internacionalmente. Mientras el psiquiatra redactaba las últimas sesiones de Kris, descubrió algo de sí mismo. Era un maldito egoísta. Era capaz de poner en riesgo a los demás y disfrazarlo como un acto heroico. Siempre podría excusarse, podría encontrar una salida si todo se ponía oscuro. A Javier se le escapó una risita carrasposa que rápidamente aplacó con tosidos.

57

PACIENTE: KRIS EDUARDO RODAS ACEVEDO.
Mestizo, del municipio de La Tierra de Dios, departamento de Izabal, procedente de un medio urbano, con una familia de recursos regulares. Tratado por el especialista Javier Ernesto Xola Monzón por la percepción comportamientos extraños.

Historia familiar: Padre de sesenta y dos años de edad, ex militar, viudo, con antecedentes de estrés postraumático. Madre y hermano fallecidos en circunstancias perturbadoras, ambas muertes en presencia del paciente. Familia disfuncional desde que el hijo mayor llegó a la adolescencia. Hogar sin un liderazgo adecuado para el cuidado de los menores.

Historia académica: Inició la enseñanza primaria a los seis años de edad. Su adaptación fue normal, tenía buenas relaciones con sus coetáneos y su aprendizaje escolar fue considerado común dentro de los estándares. Comenzó el ciclo básico con rechazo hacia la convivencia social (posterior al incidente que dio muerte a su madre y hermano), se apartó del resto de sus compañeros y tuvo una disminución total en su rendimiento escolar.

Antecedentes personales negativos (en consulta): El Px acudió a su primera cita acompañado de su padre, negándose rotundamente a hablar; no se percibió signo físico que denotase enfermedad médica. Su mirada era fija y expectante. Su padre relató que el paciente llevaba días sin dormir, y antes del padecimiento, hablaba dormido. Siete meses después comenzó a regular su comportamiento, dormía normal y ocasionalmente tenía pesadillas, pero a partir de este período comenzó a hablar solo, tratando de ocultarlo, ideó mecanismos que enmascaraban la actividad, fingiendo normalidad y sonriendo de manera inmotivada cuando el padre le consultaba: "¿Con quién hablas?".

Basado en observaciones de conducta, el paciente Kris Rodas muestra el siguiente análisis: Su comportamiento demuestra ser inmaduro e imaginativo, con tendencias psicóticas, fuera de los estándares de madurez con su edad. Su aspecto personal muestra el de un joven un tanto desaliñado, tal como se esperaría con su edad; no presenta signos de infringirse daño a sí mismo. El Px en un principio se presentó renuente y poco cooperativo, meses después charló tranquilamente sobre el contenido de sus pensamientos, muchos con poca coherencia, discretamente desorientados; alteraciones sensoperceptivas que se demostraban por la observación de risas inmotivadas, gestos incordinados, inestabilidad emocional, embotamiento afectivo que se manifestaba en largos períodos de lagunas en los que parecía no tener ningún antecedente sobre lo ocurrido con su madre, hermano y alteración del sueño. Su lenguaje corporal y facial muestran una alarmante falta de concentración. El Px posee un carácter voluble con tendencia fantasiosa que altera alarmantemente la realidad en la que vive, siendo esta alteración cognitiva un medio para preservar la memoria de sus familiares, como si estuvieran vivos, ignorando el acontecimiento de los fallecimientos. El Px muestra severos brotes de depresión, atribuido a la radical reducción de su círculo familiar. En conclusión: Kris es un joven con una mente fantasiosa y con brotes depresivos que le llevan a fantasear con la realidad para evadir mentalmente el precedente traumático que vivió. El Px no se encuentre en una buena relación con el espacio tiempo. Posee una autoestima que debe ser reforzada. Peso y talla acorde a su estatura.

El Px ha mostrado mejorías en todos los aspectos analizables, reaccionando positivamente al tratamiento del profesional a cargo. Se recomienda al padre seguir estrictamente con la receta proporcionada para evitar cualquier tipo de recaída. El profesional a cargo diagnostica en definitivo: Trastorno depresivo mayor.

Comentario final: La depresión no es solo tristeza, es un profundo dolor y se manifiesta con el rechazo a todo lo que nos rodea. No es algo de lo que uno pueda recuperarse de la noche a la mañana, requiere de un tratamiento a largo plazo. Sin embargo, la mayoría de personas que lo padecen muestran mejorías con los medicamentos recetados.

58

El joven dibujaba en su habitación mientras su padre hablaba por teléfono con alguien en el piso de abajo. El tono vibrante de su voz resonaba a través de las paredes. Sonaba alterado, enojado. Había aprendido a vivir con eso, después de todo, su padre gritaba siempre que hacía acto de presencia. Gracias a Dios lo veía poco. Kris había llegado a pensar que su padre tenía otra familia, o como mínimo, otra casa, ya que rara vez llegaba a dormir. Lo veía dos o tres veces por semana. Prácticamente vivía solo. Y está de más decir que nunca le prestó atención a la receta que el psiquiatra había recomendado, pues era de la idea que en algún momento su hijo se iba a "componer" solo, como los hombres.

Estaba en el suelo, pintando la figura de alguien con cabellos largos y sonrisa radiante. La noche se avecinaba, su sombra se hacía cada vez más grande.

Kris se sentía profundamente solo.

"¡Qué bien ha quedado!", se dijo mentalmente.

Por la emoción, se irguió con rapidez y accidentalmente su dibujo resbaló contra la pared.

El dibujo se movió estrambóticamente en el papel y Kris lo observó fijamente con inútil incomprensión. Lágrimas rodaron por sus mejillas mientras intentaba ordenar sus ideas.

La sombra de Kris, aunque él permanecía inmóvil, se

deslizó hacia la pared al tiempo que el dibujo se salió del papel. Su sombra y el dibujo se mezclaron.

La sombra esbozó una sonrisa divertida.

–Kris... –dijo la sombra con una voz calmosa–. Kris.

Kris cerró sus ojos, aguantó la respiración, y apretó sus puños, al tiempo que se decía a sí mismo: "No es real, no es real, no es real...".

–Ah... ¿cómo no voy a ser real?

–No es real, no es real, no es... –al niño le temblaba la voz.

–Siempre te he escuchado, Kris. Siempre he estado aquí. Pero hasta ahora puedes verme. Porque solo ahora puedes ver la verdad.

Kris metió su mano en su bolsillo y sacó una pastilla roja, la introdujo en su boca, tragándosela en un segundo. Mantuvo los ojos cerrados durante cinco minutos más, pero cuando los abrió, la sombra seguía frente a él.

–Ves, Kris, soy tan real como tú –la sombra salió de las dos dimensiones de la pared, convirtiéndose así en un ser de tres dimensiones. Su aspecto era el de un joven apenas más alto que Kris, pálido como los claveles, con unos ojos tan brillantes como las estrellas, vestido con zapatillas grises, camisa blanca de rayas negras, pantalones azulados, y un sombrero tan negro como la noche.

Kris se acercó hacia el extraño y este lo recibió con una sonrisa alegre.

–Mi nombre es Tristán, Tristán el Conquistador, y soy tu mejor amigo.

59

El padre llegaba tres veces por semana a la casa familiar para llenar el refrigerador con comida, limpiar el polvo de las habitaciones, sacar la basura, atender las cartas recibidas bajo la puerta y, en fin, para guardar las apariencias. Su hijo aún estaba en una etapa temprana de su "enfermedad", y, aunque él le veía perfectamente, pensaba que lo mejor era que se quedara encerrado en casa hasta que tuviese la edad suficiente para sujetar una piocha e ir a picar piedras en la carretera. Desde un inicio rechazó rotundamente la idea de comprar esas pastillas tan caras que le recetaron a su hijo, pues para nada se veía enfermo: no le dolía nada, no tenía ninguna alergia ni ningún síntoma de absolutamente nada, con las sesiones bastaba y sobraba. Así que resolvió el asunto de la manera más inteligente posible: le compraba a su hijo unas pastillas que conseguía con una naturista a un precio de risa, y si era verdad lo que decía el psiquiatra que toda esa mierda estaba en su cabeza, el placebo haría lo suyo. El padre le llevaba a su hijo un par de libros cada semana, realmente no le importaba para nada el género de estos o si su hijo los leía o no, el sentimiento de cumplir le era suficiente.

El patio trasero de la casa colindaba con el bosque. Al joven le gustaba jugar en aquel lugar cuando su padre no lo vigilaba. Senderos de hojas secas, vientos silbantes, arboles tan altos que muchas veces consideró en trepar para así, desde su cúspide tocar al cielo con la yema de sus dedos.

Kris y Tristán estaban sentados sobre las raíces nudosas de un enorme árbol. Las coníferas de este despedían un olor dulzón de viejo otoño.

—¡Mira esa nube! —exclamó Kris—. Se parece a ti. Con todo y sombrero —Kris hizo un círculo en el aire con sus dos dedos índices.

—Esto es basura, Kris —Tristán hojeaba uno de los libros de Kris—. ¿Recetas de doña Mircy? ¡Tú jamás vas a leer esto!

—Sí lo leo, leo todo lo que mi papa —así, sin tilde— me trae.

—No vas a aprender nada bueno de esto. Pierdes el tiempo, Kris —Tristán volvió su mirada hacia su amigo.

Kris se sentó y abrazó sus piernas. Ocultó su rostro entre sus rodillas.

–No te pongas así, Kris –Tristán lanzó el libro sin prestarle la menor importancia y rodeó a Kris con su brazo–, yo puedo ayudarte, en serio –murmuró en su oído–, yo puedo enseñarte todo lo que necesitas aprender.

–¿En serio? –preguntó Kris sin levantar la mirada, pero con un tono que insinuaba interés.

–Sí, Kris. Es lo que haría un amigo.

Pasaron un rato callados, escuchando los sonidos de la naturaleza. Un grupo de mariposas pasó sobrevolándolos. Los pájaros picoteaban los árboles. Las hormigas marchaban hacia su túnel. Un perro ladró en la lejanía. Una ardilla se escondió en el hueco de un árbol. Rayos de sol entraban entre las ramas.

A Kris lo invadió un fuerte dolor de cabeza, ya no escuchaba ni sentía a Tristán. El mundo daba vueltas, así que se acostó entre los nudos de un árbol. Su mirada quedó suspendida entre las coníferas que tapaban al cielo. Cerró ojos.

60

Kris despertó en las inmediaciones del bosque. La noche había caído. El viento silbaba un coro helado y consistente, como un "a-a-a" sostenido con sensibilidad.

Kris escuchó una voz. Presionó sus ojos con su índice y pulgar para aclarar su vista. En el cielo la luna llena y refulgente había sido pintada en un abismo de tristeza. Repentinamente, a Kris lo invadieron unas increíbles ganas de llorar, pero se tragó sus lágrimas porque Tristán lo estaba llamando.

Tristán lo invitó a incorporarse alrededor de su fogata. Sin embargo, la llama apenas podía sostenerse.

–Hace mucho frío, Kris –Tristán frotó sus palmas y después las puso cerca del fuego.

Kris se sentó y abrazó sus piernas. Es difícil alzar la mirada cuando se está en el umbral de las lágrimas.

—El hombre conquistó el reino animal con fuego —murmuró Tristán—, tiempo después se conquistó a sí mismo... es hermoso, Kris, cuando se expande en llanuras, praderas y desiertos... el fuego todo lo purifica.

—¿Usaste fuego para conquistar Imaginaria? —preguntó Kris sin levantar la mirada, pero con tono que insinuaba alto interés.

—Por supuesto que usé fuego, lo quemé todo, Kris. Incluso hoy sigue ardiendo. Es la única manera que existe para acabar con el dolor.

—¿Quemaste a todos tus enemigos?

—Sí.

—¿Quemaste a Alma? —Kris levantó su mirada.

—¿Quién es esa?

—Ella... ella vivía en Imaginaria.

—He visto a tantos guerreros morir, Kris, que no sabría decir. Pero si es una mujer seguro que la recordaría. De hecho, ese nombre jamás lo había escuchado.

—Pero ella... ella comandaba ejércitos en tu contra, ¡Es legendaria!

—No me suena. No será que... —Tristán guardó silencio.

—¿Qué? —preguntó Kris después de un rato.

—No tiene importancia, Kris.

—Esto es importante para mí. Habla, por favor.

—Creo que te lo estás inventando.

—Qué...

—Sí, creo, creo que ella nunca existió.

—Ella es tan real como tú.

—¿Sí? ¿Y dónde está?

—Desapareció.

—Que ella haya desaparecido significa que te estás convirtiendo en un hombre. Eso significa ahora debes escuchar a la voz de la razón, quiero decir, a mí.

—Quizá tengas razón... pero todo ha sido tan rápido —Kris accidentalmente miró la llama y le resultó extremadamente familiar lo que ardía en el fuego—. ¿Esos son mis libros?

–Son basura, Kris. Algo bueno teníamos que sacar de esto.

–No me gusta que toquen mis cosas.

–No te enfades, solo me preocupo por ti.

–Perdón –Kris volvió a ocultar su mirada–. Es que… bueno… todos se fueron. Y es como si hubiera sido ayer. Y es como si nada fuera real.

–Si de algo te sirve, Kris, yo nunca me iré.

–¿Por qué no? No entiendo cómo es que puedo interesarle a alguien tan importante y poderoso.

–Porque eres especial. Tienes algo que nunca había visto en otro. Y solo cuando te observé, lo supe, Kris.

–¿Qué supiste?

–Supe que somos iguales, Kris. Eres como un recuerdo. Me haces pensar en lo que fui, en todo el dolor y tristeza que sentí antes de ser lo que hoy soy. Eres un espejo roto. Eres las ramas de un bosque oscuro. Solemne como la luna. Tembloroso como las hojas de un árbol. Volátil como una casualidad. Suave y cálido, espectral como una ilusión. Eres las ruinas de un sueño. Un dulce recuerdo de tristeza.

–Yo no lo veo de esa manera…

–¡Yo tampoco pensaba en alcanzar todo lo que alcancé! –Tristán levitó lentamente hasta alcanzar la altura de las copas de los árboles–. ¡Y mírame! ¡Soy como un dios! ¡Conquisté mi dolor y tristeza! Y tú, tú serás como yo.

–No quiero conquistar nada.

–Sí, los recuerdos dolorosos impiden que sucedan cosas buenas. Eso lo he comprobado. Pero si olvidarás no me mostrarías tu verdadero corazón, entonces no podríamos ser amigos.

–Siempre dices cosas que hacen que me duela la cabeza –Kris se tumbó entre la maleza–. La vida es como un rombo, gira y pierda fuerza con el tiempo, hasta que tambalea y se cae.

–Qué profundo –Tristán descendió lentamente–. ¿Por qué sigues girando, trompo?

–No lo sé. Eres tú el que dice que somos iguales, deberías saberlo.

–Lo sé, sí –a Tristán le brillaban los ojos–. He visto el final de esta historia.

La llama de la fogata se apagó con un soplido floral del viento.

61

Vacía.

La casa se sentía vacía.

Las ausencias cantaban en los corredores y habitaciones.

Y era como si nunca hubieran existido.

Como si Kris siempre hubiese estado solo.

Como si los buenos tiempos, no fueran más que una fantasía.

Y es que, al cabo, nada parecía real.

Kris era amo y señor de la soledad.

Se preparó el desayuno: un par de manzanas peladas y jugo de naranja. Se sentó frente a la mesa mientras Tristán recostado en la nada, levitaba sobre la cabeza del joven.

Esa mañana ambos se internaron en el bosque. Tristán le enseñó a Kris como separar los olores. Para ello tuvo que vendarle los ojos y ponerlo a oler diversas especies solas y a veces combinadas.

Por la tarde Tristán jugó a las escondidas con Kris hasta que el sol se hundiera en el mar. Kris era poco creativo para los escondites y cuando Tristán se escondía nunca lo encontraba.

Hicieron lo mismo durante dos semanas consecutivas: en la imaginación de Kris los olores tomaron la forma de la especie física, por lo que categorizar el mapa de olores en su mente no fue tan difícil. Con el paso de los meses

Kris fue capaz de seguir los hilos de olores que desprende el mundo, y seguirlo hasta encontrar su emanación.

Tristán no tenía olor, así que el juego de las escondidas fue trigo de saco roto. Con el tiempo, Kris descubrió que no lo encontraba nunca porque se mantenía en constante movimiento, por lo que no era una cuestión de inteligencia sino de movimiento. Tarde descubrió que caminando como los hombres no sucedería, debía volver a la naturaleza, debía escuchar a su principio biológico, ¡Volver a la tierra para florecer como una bestia! Y así lo hizo: puso sus manos sobre la tierra y se deslizó entre los árboles con la agilidad de un jaguar, saltando de árbol en árbol como un mono.

Y en lo que a Tristán respectaba, Kris sabía todo lo que necesitaba. Aprendió todo lo que la tristeza puede enseñar.

Solo faltaba saldar una cuenta pendiente antes del gran final.

62

Kris dormía plácidamente sobre su cama, soñando con espacios de infinitos reflejos los cuales olvidaría al despertar.

Tristán se acercó al armario.

Puso su mano en la puerta.

Sintió una presencia.

Y escuchó una tenue risita ahogándose en la oscuridad.

—Voy a liberarte, destructor —aseguró Tristán al tiempo que levitó hacia atrás con los brazos cruzados. La puerta del armario se abrió.

En una diminuta jaula para hámsteres estaba encerrado un ser flácido y olvidado.

—Oh, inesperados milagros —dijo el ser al tiempo que estiró su delgado brazo entre los barrotes de la jaula.

Tristán percibió una sonrisa en el tono del destructor.

—Rafael el destructor, te necesito.

—¿Por qué has de salvar a este abandonado? ¡Ya no soy nada! El que duerme me ha hundido...

—Necesito tu fuerza —auguró Tristán con tono sombrío. Estiró su brazo hacia la derecha como queriendo cortar el aire, al tiempo los barrotes de la jaula para hámsteres se rompieron.

Rafael extendió su cuerpo al tiempo que soltaba alaridos de júbilo. Era tan grande que tuvo que contorsionarse como una serpiente. Su piel vibraba y en su mirada fluctuaban colores brillantes.

—¡Libertad, por fin! ¡Ha sido una eternidad de castigo! Y todo por culpa de este malagradecido traidor... —Rafael cerró sus manos alrededor del cuerpo de Kris.

—Suéltalo. No te liberé para eso.

—¡Yo nunca dije que te ayudaría! —Rafael volvió su mirada hacia Tristán.

Tristán se quitó el sombrero y al instante este se transformó en un conjunto de tres perlas negras que orbitaban lentamente sobre su mano.

—Qué-Qué pretendes... ¿Por qué no puedo moverme? —Rafael estaba completamente inmovilizado.

Las perlas negras giraron alrededor de Rafael el destructor, la rotación se aceleró hasta que creó un halo brillante. Este anillo absorbió a las sombras de Rafael mientras este suplicaba por su vida, solicitando volver a la jaula. Y cuando no quedó ni el recuerdo del destructor, las perlas volvieron a juntarse para formar el sombrero de Tristán.

Tristán contempló la luna a través de la ventana, la idea de algún día conquistarla le hizo sonreír como un hombrecillo tranquilo y feliz.

63

Lloviznaba. Había amanecido un día gris. Las nubes estaban tan cargadas de tristeza que la luz del sol no podía abrirse paso. Un resplandor sobrenatural centellaba en el cielo oscuro. El viento silbaba entre juncos gigantes y arboles enanos. Parecía el augurio de una lluvia torrencial. Tristán estaba sentado frente a la ventana, viendo como las gotas se deslizaban en el cristal.

A las siete y media de la mañana la tristeza se había disipado de las nubes.

Kris abrió los ojos a las ocho en punto.

–Tu madre nunca fue la persona que crees recordar –dijo Tristán con tono solemne, sentado en el borde de la cama.

–Buenos días –bostezó Kris.

–Ella nunca amó a nada más que a sus libros. Peleaba con tu padre a todas horas y le molestaba que tú y tu hermano llegarán siempre a la misma hora de la escuela. A ella le hubiera encantado que se perdieran camino a casa.

–Mi papá siempre dijo que había que tenerle paciencia, ella sufría de mucho estrés porque debía cumplir fechas cortas para entregar sus trabajos. Y estaba enferma.

–Ella amaba escribir, el estrés se lo provocaban ustedes.

–No es verdad, recuerdo buenos momentos con ella.

–Porque fingía. Quería convencerse de que era su deseo ser esposa y madre para que el dolor fuera un poco más soportable.

Kris se revolvió el pelo y se sentó en el borde contrarío de la cama.

–La extraño.

–Tu hermano pasaba tiempo contigo porque eras de las pocas personas con las que podía hablar sin que lo insultasen por su forma de ser. Por cierto, el día que lo descubriste, él sabía que vendrías a casa temprano. Salvador quería que vieras quien era en realidad y ansiaba tu aprobación porque sabía que, de su familia, eras el único que lo aceptaría.

–Hermano... –suspiró Kris.

–Eras lo que tenía, no lo que quería. Su sueño era irse de aquí como una nueva persona, y dejar todo su pasado atrás, incluyéndote. Eras un precio que estaba más que dispuesto a pagar para conquistar la feminidad y por el fin de su tristeza. El amor que te tenía era tan fuerte como el que la gente le tiene a un gato: por supuesto que duele si se pierde o muere, pero en una semana ya tienes a otro, y el amor y la tristeza han sido olvidados.

–Tris… –Kris volvió su mirada hacia Tristán, pero este ya no estaba– tán.

La puerta de la habitación del joven se abrió.

Cuando Kris se acercó al umbral, advirtió que en el suelo había una hoja de papel doblada, parecía una carta. La recogió. Solo tenía nubes de espirales negros.

"Sigue mi voz", susurró el viento con la voz de Tristán.

La voz lo guio hasta la colindancia entre su patio trasero y el bosque.

El joven sabía que algo andaba mal.

Algo vibraba en el silencio del bosque.

Las hojas crujían en la lejanía, aplastadas por las pisadas de fantasmas.

Y vocecillas cuchicheaban, como sí los árboles de pronto hubieran cobrado vida.

Algo andaba mal con la realidad y Kris lo sabía. Sabía que estaba frente a una tristeza infinita. Y no, no está listo para afrontarlo, así que se dio la vuelta con la intención de encerrarse en su habitación para llorar plácidamente el resto de la mañana.

Pero, cuando dio un paso hacia atrás, su cuerpo se congeló.

"Debes aceptar la verdad".

Una lagrima descendió tiernamente por el pubescente rostro de Kris Rodas. Una profunda emanación nocturna se tragó los colores de su nublada visión.

Una idea acarició su mente. Una idea con forma de una nube que alberga una tormenta implacable.

Y es que, a través de las ramas del dolor y la tristeza, vio algo que lo hizo estremecer.

Kris vio la verdad.

Se vio a sí mismo.

Vio lo que haría.

Fue plenamente consciente de su propósito y de su papel en esta historia.

Se soltó al llanto y se preguntó por qué la vida era como era. Kris vio su reflejo en un charco y no se reconoció a sí mismo. La realidad era que lloraba simbólicamente, pues en ese momento su destino ya estaba sellado y deseaba despedirse de su humanidad.

TERCERA PARTE: EMANUEL

64

Siento que todo está cambiando.
Como si cada día Dios pusiera otra canción.
Estamos creciendo, es eso, ya no somos niños.
Hemos aguantado, llorado y sobrevivido a nuestra infancia.
Y hemos descubierto que éramos fuertes como gigantes.
Han sido muchos los momentos de desesperación.
Y muchos los problemas sin solución.
¿Acaso el futuro tendrá también estas formas?
Qué importa. En serio, qué más da.
Porque, aunque nos hayamos separado, aunque nuestros sueños se hayan roto.
Aún queda algo por hacer, algo que celebrar.
Pronto será mi cumpleaños y estás invitado.
Celebraremos todo lo que olvidamos.
Celebraremos que todavía se nos acalambran las manos.
Celebraremos esta juventud que se quema como un fosforo.

La fiesta será en La Tierra de Dios, en el bosque que está al lado de la doce avenida.
Eres especial, atte: T.

65

Cuando terminé de leer la carta lo primero que pensé fue: "Dios mío, ¿Cuánto tiempo pasó desde que me fui de Barrios?", fui a consultar el calendario que mi hermano colgó en la puerta del refrigerador y vi el año, después conté con mis dedos y sí, ha pasado mucho tiempo. Me sorprende lo rápido que olvidé a mi antigua ciudad, era muy feliz y tenía muchos amigos y… ella. No puedo creer lo rápido que me olvide de ella. ¡Quién diablos olvida a su novia! Verónica…

Corrí hacia mi cuarto, cerré la puerta y hundí la cara en mi almohada. Ella era tan hermosa y fue tan difícil conseguir que aceptara ser mi novia. Éramos niños y nada sabíamos, jugamos escondite, jugamos al amor y ahora jugamos al olvido. Soy un imbécil. Nuestras madres se caían bien y ocasionalmente cenaban juntas en la casa de una o de la otra, así fue como conocí la casa de Vero y ella la mía, pasábamos mucho rato juntos, a veces en silencio solo viéndonos las caras y sonriendo como muñecos, a veces jugando a cualquier cosa que ella se inventara, y así nos enamoramos, nos besábamos en algún rincón oculto. Ella tenía unos hermosos mechones castaños y una mirada con los colores del cielo, su piel era tan blanca que parecía que en algún momento comenzaría a brillar. Y aunque éramos peques, sabía que, si no me quedaba con ella para siempre, nunca volvería a tener una novia tan bonita.

En mi ropero guardaba todavía una agenda llena de números, la saqué y rocé con la yema de mis dedos la hoja en la que estaba escrito el número de teléfono de la casa de Verónica.

Me pregunté si seguíamos siendo novios y me entristeció amargamente la idea de que no, nunca la llamé, seguramente ella sí intentó llamarme, pero cambié de número y nunca le dije a donde me mudaría, simplemente desaparecí, como si nunca hubiera existido. La abandoné. Ella era dulce y hermosa, seguramente ya ha tenido otros novios y seguramente la han valorado más de lo que lo hice yo.

Aun así, la llamé. Su voz sonaba distinta, no sé bien como describirlo, tenía un tono menos melodioso y más definido, sonaba más como una mujer que como una niña y me pregunté fugazmente si mi voz también había crecido, y sí, así fue, porque ella no me reconoció. Para mi sorpresa, se alegró de saber de mí: me preguntó cómo estaba, si seguía en la escuela, y por qué es que la llamaba hasta ese momento. Estuvimos hablando un rato, poniéndonos al día, nos reímos de viejos chistes y de los tontos que éramos antes. Nada importaba, por supuesto que sufríamos, pero no éramos conscientes porque todo era tan suave y delicioso. No había arrepentimiento ni culpa, solo risas y enojos. Pero la conversación se rompió cuando Verónica me preguntó sobre mi hermano. Y es que recordé porque me había empeñado tanto en olvidarlo todo. Luego mencionó a Kris, me dijo que no lo veía por las calles desde que me fui, ni siquiera siguió en la escuela.

Le dije que la llamaría después y ella me respondió que mejor no, porque su novio podría enfadarse. Me colgó antes de que yo lo hiciera.

Sí, también había olvidado eso, cuando todo se desmorona de la nada y el vacío que queda cuando uno se siente acorralado entre sus dudas y miedos.

Kris...

Hacía mucho que no pensaba en el que alguna vez fue mi mejor amigo.

66

Nos conocimos en la primaria. Él se sentó en el pupitre que estaba frente al mío. Había olvidado mi estuche en casa y le pedí prestado un lápiz. Él se dio la vuelta y con una sonrisa amistosa me ofreció uno y me dijo que me lo regalaba. En ese momento nos hicimos amigos. Hablamos en los ratos muertos, cuando la maestra llenaba la pizarra y cuando salía del salón. En el recreo de ese día no tuvimos la necesidad de incorporarnos a nadie porque ya habíamos formado nuestro dúo. Los padres de Kris no estaban divorciados y tenía un hermano igual que yo, para mí eso significaba que su vida era igual que la mía y, por lo tanto, éramos iguales y podía confiar en él.

Comenzamos a juntarnos en los fines de semana, el sábado él venía a la iglesia conmigo y los domingos salíamos a hacer cualquier cosa: volábamos coloridos barriletes, recorríamos colonias recónditas en bicicleta, nos refugiábamos de lluvias torrenciales bajo el techo de casetas abandonadas y nos perdíamos en el bosque que está al lado de la doce avenida.

Con el tiempo se nos fueron uniendo otros: el tigre, el negro, el canche y el chino. Disfrutábamos de ir a meternos a la colonia de los gringos para cazar iguanas en aquellos árboles que eran tan altos como montañas. A Kris se le ocurrieron varias ideas para esos bichos verdes: amarrarlos en cuetes, crucificarlos en barriletes, aventarlos a los patios que eran cuidados por pitbulls, rottweilers, labradores o cualquier perro del que no tuviéramos la menor duda que pudieran escapar.

Éramos malvados.

Éramos inocentes.

Éramos jóvenes.

Y estábamos desesperados por un poco de entretenimiento.

Y estábamos dispuestos a hacer cualquier cosa por las risas.

En una ocasión quisimos tomar un atajo para salir de la colonia de los gringos, debíamos cruzar un puente con las tablas corroídas cuya profundidad bien podría partirle las piernas o matar al que cayera en ella.

Todos cruzamos jalando nuestras bicicletas, debíamos que tener mucho cuidado. Pero a mitad del camino, vi hacia abajo, y sentí como si el mundo se apagara, me pareció que el vacío crecía como si estuviera vivo y quisiera comerme. Mientras estaba pasmado, todos pasaron a un lado de mí, me dejaron atrás, todos excepto Kris. Él puso su mano en mi hombro y me dijo que, si caía, él caería conmigo: "Nos vamos a romper las patas los dos si no venís". Solté mi bici y se la tragó el abismo. Las manos me temblaban, mi mirada se oscurecía, pero sabía que él estaba conmigo. Me agarré a sus hombros y cruzamos.

Kris me salvó.
Y esa es la gran diferencia entre él y yo.
Yo no pude salvarlo.

67

Era muy joven para ponerme a analizar las cosas a mi alrededor. Aunque me encontrara en un campo de batalla, mi mente estaba en un jardín de juegos. Yo pensaba que Kris y yo éramos iguales porque nuestras familias tenían la misma estructura, esa era la única similitud, ya que su padre no era como el mío, y su mamá, definitivamente no tenía nada que ver con la mía. Su padre era un militar retirado que siempre se la pasaba contando historias sobre el país antes de la firma de los acuerdos de paz; su madre vivía en su propio mundo, de hecho, la vi solo en contadas ocasiones, casi nunca salía de su estudio. Kris me dijo que ella era escritora y estaba escribiendo algo así como "la mejor historia de todos los tiempos jamás antes escrita por una guatemalteca". Sonaba bien, me gustaba la idea de conocer al hijo de alguien que pensaba que se volvería famosa. Su madre era extremadamente bella, seria, serena y silenciosa, pero había algo en ella que me daba mucho miedo.
Kris me contó que no era tan dura como se miraba, y que, por las noches, antes de dormir, siempre le leía cuentos, lo arropaba y le daba un beso en la frente antes de apagar la luz.
Pero había algo que Kris había omitido a propósito, la razón por la que no le gustaba que yo estuviera en su casa, el motivo de por qué su madre era tan distante cuando estaba frente a desconocidos: ella tenía una enfermedad. Nunca llegué a saber cuál, porque Kris siempre huía del tema, pero lo noté la última vez que estuve en su casa. Ella gritó desde su estudio, Kris y su hermano corrieron a atenderla. Yo lo seguí, manteniendo la distancia. Salva-

dor tuvo que tirar la puerta porque ella la había trancado. Cuando los hijos cruzaron el umbral, ella les lanzó un puñado de flores diminutas mientras reía. Kris abrazó a su madre y Salvador se adentró en el estudio, fue hasta el escritorio y sacó de una gaveta un blíster de pastillas.

—No te tomaste ni una esta semana, mamá —dijo Salvador con tono despectivo.

La madre sollozó y se escondió detrás de Kris.

—No… no me mates… por favor —murmuró la señora.

Salvador puso las pastillas sobre el escritorio y fue a abrazar a su madre. Kris se unió al abrazo. Los tres lloraron un rato.

Y supe que aquello era un secreto familiar super raro.

Kris me hizo jurarle que no se lo diría a nadie, y así lo hice.

Y me arrepiento.

Me arrepiento mucho.

Porque pude haber salvado a mi mejor amigo.

Era un secreto a voces que el hermano de Kris era gay. Él no se esforzaba lo más mínimo en ocultarlo ya que muchas veces se le vio vestido como chica en discotecas, fiestas y cualquier lugar que tuviera poca luz. Yo nunca lo vi vestido así, pero mi hermano sí, y me dijo que nadie lo habría reconocido si no fuera por su voz. Pensándolo fríamente, tenía sentido, Kris se parecía muchísimo a su padre, y su hermano tenía la belleza de su madre.

Fue en esa época en la que la personalidad de mi mejor amigo comenzó a cambiar. Los rumores habían llegado a él y la gente se burlaba, incluso los comparaban, diciendo que en cualquier momento Kris comenzaría a actuar del mismo modo que su hermano. Él fingía que no le importaba cuando en realidad su corazón acumulaba odio. Un odio que solo pudo descargar aislándose del mundo y… secuestrando mascotas para matarlas. La gata de mi novia fue una de sus víctimas y yo no hice nada, no quería creerlo, no quería meterme, no quería molestarlo porque Kris me daba miedo: su mirada cargada de alegría comenzó a parecerme tan oscura como un cielo nocturno sin estrellas, su piel palideció, su manera de hablar era tenue y reposada, como si arrastrara cada palabra.

Mis padres murieron unas semanas antes que el hermano y madre de Kris.

Ambos nos habíamos quedado solos y tristes.

A pesar de que ya no pasábamos tanto tiempo juntos, me sentía encadenado a él porque yo era el único que podía entender cómo se sentía, ese vacío tan grande en el pecho y esas ganas de echarse a llorar a cada rato.

Ese dolor y tristeza que compartíamos era algo especial para mí.

Ahora recuerdo aquella tarde nublada en la que Kris intentó suicidarse lanzándose al mismo río en el que se suicidó su hermano después de matar a su madre.

Yo estaba con mis amigos en el puente, él estaba a un costado del río. Cuando cayó la llovizna todos se dispersaron, pero yo bajé hasta el río. Y cuando estuve a unos diez metros de Kris, él se volteó hacia mí, y sonrió como la vez en la que nos conocimos. Se hizo hacia atrás y desapareció en las aguas negras. Y después de tanto tiempo, comienzo a entender lo que pretendía: quería que cuando yo lo recordara, lo imaginara con esa sonrisa tan definitiva.

Tenía miedo y grité suplicantemente por ayuda.

Me temblaba todo, hasta la consciencia, pero no iba a dejarlo solo.

No a mi mejor amigo.

Porque sabía que él no me dejaría morir a mí.

Así que me lancé al agua, la corriente me arrastró, pero logré alcanzarlo.

Y una vez fuera, cuando él recobró la consciencia, escupió un poco de agua, ya calmado, me vio sin decir palabra alguna. Su sonrisa se había borrado, su mirada estaba

174

vacía. Kris había dejado su mascara en las aguas negras. Ese era su verdadero rostro.

Kris se levantó y se fue así, sin más. Y así como supe que éramos amigos con una sonrisa, supe que ya no lo éramos por su expresión de odio silencioso.

Kris me odió tanto por obligarlo a vivir que llevó a cabo una empresa con el único propósito de destruirme. Y sí, al final lo logró: inventó falsos rumores sobre mi sexualidad y la de mi hermano y se esparcieron como la varicela en una fiesta de cumpleaños. Al principio me callé porque me sentía culpable.

Lloraba todas las noches preguntándome cuál había sido mi error.

Lloraba porque no podía detenerlo.

Lloraba porque aceptaba mi culpa.

Lloraba porque no quería lastimarlo.

Lloraba porque era débil y me negaba a aceptar que nuestra amistad había quedado atrás.

Y el dolor y la tristeza dieron paso a algo mucho más fuerte: rabia.

Rabia por mis amigos que se creían las cosas que decían de mí.

Rabia por mi novia porque me tenía lastima.

Pero sobre todas las cosas, rabia por mí, porque me estaba transformando en Kris.

Antes pensaba que solo yo entendía su dolor, pensaba que éramos iguales.

Pero fue hasta que me convertí en rabia cuando nos hicimos gemelos.

Y me enfrenté a él.

Le di su victoria.

68

Hoy iba a salir con unos amigos, pero ha comenzado a llover.

Y aunque estuviera soleado, no iría porque me siento enfermo.

Estoy dando vueltas en mi cama porque no soporto el dolor de cabeza, los retorcijones estomacales, me sudan las manos y mis piernas tiemblan.

¡No puedo dejar de pensar en la carta ni en La Tierra de Dios!

¿Quién putas me la mandó?

No entiendo nada y eso me enferma, me duele.

Me senté en la cama y cerré los ojos.

Silencio. Todas mis heridas están calladas. He amado tanto y este amor ha dejado un camino de dolor. He reído muchísimo y la huella de mi risa son charcos de lágrimas. He suspirado hondo y mi aliento ha sido cálido como el sueño de una vida perfecta.

Qué tristeza que todo haya acabado mal.

Qué tristeza, de verdad.

Intenté contenerlo, pero una vez que dejé salir una lagrima por accidente, las demás fluyeron con la fuerza de los veranos porteños.

El recuerdo de la rabia. No lo soporto. Mi cuerpo no soporta esta rabia. Mi mente lo había olvidado porque sabía que no sobreviviría.

Y es así como se sentía él.

El amigo que deje atrás.

Estaba enfermo de rabia.

Y en vez de ayudarlo, acepté su rabia.

Mientras golpeaba su cara, pude ver en sus ojos una espesa sombra.

Respiré su tibio aliento y él, el vapor de mis tinieblas.

Nuestras miradas hablaron por última vez.

Kris y yo lloramos juntos.

Caminamos hacia el umbral de las estaciones y nos despedimos de esa extraña época.

Nos convertimos en hombres.

Juntos.

Iré.

Tengo que ir.

No era algo en lo que hubiera que decidir.

La respuesta siempre sería sí.

Porque hay una puerta que debo cerrar, sin importar las consecuencias.

Sé que mis antiguos amigos me perdonaron.

Sé que Verónica, aunque sostenga la mano de otro, me sonreirá, feliz por haberme conocido.

Sé que Kris está roto y me necesita. Quizá y solo tal vez, no sea tarde.

La fiesta es mañana y supongo que todos estarán allí.

Podría pedirles ayuda, juntos, todos, podríamos salvar a Kris. Algo se nos ocurrirá.

Aunque existe la probabilidad de que ya esté muerto.

Intentó suicidarse una vez, y si lo volvió a hacer ya no había quien lo detuviera.

No. Mi corazón me dice que está vivo.

Compartimos un dolor, tristeza y perdida. Podemos compartir una nueva fe.

Podríamos sentarnos al borde de una nueva vida juntos.

Podríamos ver a las estrellas correr en albas infinitas; podríamos quedarnos dormidos en un espeso jardín y soñar con los años que están por venir.

La fiesta de cumpleaños es mañana y, aunque no sé de quien es, iré.

Viajaré en bus durante la madrugada.

No le diré a mi hermano, se volvería loco e impediría mis planes.

Le dejaré una nota. Sí, la escribiré ahora mismo.

Volveré cuando todo termine.

Estoy en el bus.

La noche es indecisa. Llovizna y se detiene; el viento sopla friolentamente mientras voces nuevas no dicen nada.

Tengo unas inmensas ganas de llorar. Intento distraerme viendo por la ventana: luces flotando, locales durmientes y una calle tan vacía que parece un cementerio.

Quizá deba dormir un poco.

Cuando despierte estaré en La Tierra de Dios.

Estoy nervioso y tengo mucho miedo, pero también estoy cansado.

Abracé mi mochila porque es lo único que tengo en esta vida.

Y mientras me quedaba dormido, sentí la extraña sensación de estar muerto.

Como si mi vida se hubiera pausado durante mucho tiempo.

Recuerdos aleatorios se amontonan en mi cabeza y se siente tan real que olvidé quién era. Entonces pude llorar tranquilamente, confundido con lo que era real o no.

¿Alguna vez has sentido escalofríos que no puedes explicar?

Como si el mundo fuera a terminarse en cualquier momento.

El tiempo nos separa a todos. Estoy demasiado nervioso para hacer cualquier movimiento.

Me siento vacío.

Tengo sueño y ya nada es real.

Me arrepiento.

Tengo sueño y ya nada es real.

Se aleja de mí.

Tengo sueño y ya nada es real.

Perdón.

Tengo sueño y ya nada es real.

Estoy aturdido, estoy girando.

Tengo sueño y ya nada es real.
Kris...
Tengo sueño y ya nada es real.

71

Prados vacíos.
Cercas infinitas.
Arboles profundos.
Aldeas despobladas.
Una bandada de cuervos sobrevoló cerca de mi ventana, el sobresalto fue lo que me hizo despertar por completo.
Sonreí al pensar que, pese a todo, esto que veo seguiría igual. A la naturaleza no le importa que se nos caigan las ramas ni que se pudra nuestro tronco. A la naturaleza no le importa nuestra tristeza.
Estoy en el cruce entre la ciudad y las aldeas. La llovizna cesa. Tengo tanto miedo que si fuera combustible podría atravesar el espacio exterior hasta llegar a los bordes entre el universo y la nada absoluta.
Pronto los veré a todos.
Me bajé del bus en la veintiuna calle. Quería estirar las piernas. Todo seguía en su lugar, como si el tiempo se hubiese detenido. Las tiendas tienen la misma pintura, las señoras barrían sus patios como cualquier mañana, todo era igual.
Me metí entre los árboles. Los senderos infinitos se veían más definidos. Percibí unas extrañas luces. Eran lucecitas de navidad colgadas en las ramas, como indicando la dirección que hay que tomar para llegar a alguna parte en específico. Supe que era el camino que yo debía tomar. A medida que avanzaba las voces se volvían más claras hasta que...
Hice a un lado un arbusto y un destello de luz le abrió paso a un terreno plano sobre el cual una reunión en auge se celebraba. Había muchísimos adolescentes, caras vie-

jas y nuevas, unas mesas con bebidas y chucherías, los árboles de alrededor estaban rodeados por cables de luces navideñas y música de moda. Parecería una fiesta de cumpleaños si hubiera un enorme pastel, pero no, la ausencia de este hacía parecer aquello un convivio común. Vi a mis amigos platicando entre sí, vi a Verónica con alguien que supuse que era mi reemplazo. No faltaba nadie, parecía que todos los adolescentes de la ciudad habían sido invitados.

Mi corazón se encogió.

Todos mis pensamientos enmudecieron.

Y pude ver a través de todos.

Entre la multitud, al extremo contrarío de mi ubicación, Kris los observaba a todos una mirada de horror. Parecía confundido y asustado.

Mi amigo.

Estaba allí.

Mi corazón no me mentía.

Y no pude más que pensar que todo ha sido obra del destino.

Él y yo, destinados.

Mi rol en su historia es más importante de lo que nunca pensé.

Me abrí paso a través de todos, y cuando él percibió mi presencia, giró su mirada hacia mí. Se tapó la boca. Parecía que quería decir algo. Kris lloraba. Nadie podía ver su dolor, a nadie le importaba, él era invisible para todos a excepción de mí.

Kris.

Olí su dolor.

Un dolor hecho de sueños rotos, soledad y vacío.

Quise gritar su nombre, pero las palabras se me quedaron atoradas en la garganta.

Y es porque su dolor me debilitaba, flotaba entre todos con un aura siniestra.

Y solo él y yo éramos capaces de ver el fondo oscuro de

esa extraña realidad.

Kris corrió y se perdió entre los árboles.

Seguí su olor, lejos, muy lejos de la fiesta.

Kris se detuvo.

Estaba tan cerca.

Mi corazón palpitaba frenéticamente.

Y cada paso hacia él me pesaba más.

Pero sigo, sigo hacia mi amigo.

Y espero, solo espero.

Que no sea muy tarde.

Espero que Kris recuerde que alguna vez fuimos mejores amigos.

Que recuerde que soñamos juntos.

Esta allí, tras un arbusto.

Una corriente de aire irreal emanó al otro lado y las hojas salieron volando como cuando uno sopla un diente de león.

Pero lo que estaba allí no era mi amigo.

Mi estomago se retorció, mi mente se rompió y sus pedazos flotaron en el viento.

Ese no era mi amigo.

CUARTA PARTE: KRIS

72

No me gustan cuando las nubes no tienen forma de nada.
Quiero decir, a veces parecen patos, perros u osos.
Pero cuando no parecen nada, deja de ser divertido.
Mi mamá me ordenó que deje de quejarme porque soy
un hombre.
Pero supongo que puedo pensarlo.
Pensar en lo que no me gusta...
Mi hermano finge que le da igual lo que la gente piensa,
pero yo lo escucho llorar por las madrugadas. Oh... me
enseña todo lo que el dolor puede enseñar y lo hace sin
decir una sola palabra.
Y no se queja.
No dice nada.
Solo sonríe y deja que las cosas pasen.
Que se sigan burlando.
Creo que está bien decir que las cosas son una mierda
cuando lo son.
Estoy en una ladera, frente al bosque. Puedo ver todos los
árboles desde aquí, no son tan altos como la gente pien-
sa. Estoy tranquilo y feliz. Me he alejado del mundo y por
fin tengo un poco de paz. El viento es fresco y el sol no
me molesta. Ojalá pudiera quedarme aquí por siempre.
Oh... me duele el estómago.
Me duele muchísimo (es una mierda todo esto).
Pero no hay nadie en casa y no sé cocinar.
Yo... otra vez tengo ganas de llorar.
Me siento triste y no sé por qué.
Mi vida se siente como una canción de despedida.
¿Es que Dios me odia?
Debe haber alguien en el cielo que me odie.
Es la única posibilidad.
Odio.
Nada en mi vida es real.
Soy como un poema que nadie recuerda.

Me duele la cabeza por tanto soñar que todo puede ser distinto.

Olvidaba lo imposible que es la felicidad.

Y de lo largas que son las noches.

Y de lo triste que es mi vida.

Y el dolor que duerme en mi alma.

Mi corazón está roto.

Alguien lo ha roto.

Nada parece real.

Siempre supe que todo acabaría mal.

Quería engañarme.

Y...

Y yo solo quiero llorar.

Quiero olvidar.

Quiero olvidarme.

Una voz me llama.

Tengo miedo (sabe lo que hice).

Se acerca.

Su voz (llena de ira) me llama.

Tengo que irme de aquí.

Bajo la ladera (sabe lo que hice).

Corro por el bosque (no aguanto las ganas de llorar).

Esto que siento (no lo entiendo, no me entiendo, no me conozco) me duele tanto.

No lo soporto (todo mi cuerpo espera el final).

Necesito a Tristán.

Caigo sobre un lecho flores blancas.

Tristán. (Aquí estoy).

¡No te veo! (Estoy en el lugar que siempre he ocupado: tu corazón).

Ayúdame, no me dejes solo. (Usa los ojos del corazón).

Yo... (Silencio).

Las perlas negras.

Las perlas negras de Tristán están entre las flores. (Brota un sentimiento brillante y claro).

Emiten luz. (Sientes su poder).

Están vibrando. (Sienten tu poder).

Levitan, me orbitan. (Han visto lo que eres).

Lo que soy… (Piensas en tu vida).

Lo que soy…

Se siente bien este dolor.

Se siente bien ser yo.

Yo también estoy levitando.

Esto… esto es lo que siempre he sido.

Por fin me conozco.

Sé lo que soy.

Y es hora de que los demás también lo sepan.

Las perlas giran tan rápido que solo distingo una línea que me rodea.

Su energía hace que mi piel se oscurezca como la noche.

Su energía hace que mi cuerpo crezca.

Porque se alimentan de mí y yo de ellas.

Saben lo que soy.

El mundo conocerá por fin de que estoy hecho.

Lo que soy, esto soy.

Soy.

¡Yo soy odio puro!

¡Yo los odio a todos!

¡Quiero destruir al mundo y sus habitantes!

Quiero quemarlo todo…

Que no quede nadie…

Nadie que se pueda burlar de mí.

Nadie que me desprecie.

Nadie que se aleje y me haga sufrir con su ausencia.

Nadie en este mundo.

Ya no necesito pensar.

Las voces se han unido.

Yo controlo todas las extensiones de mí.

La realidad y la imaginación se han roto.

Y ahora todo es igual.

Lo veo todo con el corazón.

El mundo por fin conocerá el odio de Kris Rodas.

73

Emanuel observó con incomprensión como se rompían todas las dimensiones que componen la realidad. Una monstruosa brisa empujaba flores y arbustos, e incluso doblaba a los árboles que rodeaban a esa extraña sombra fluctuante que crecía rápidamente. De la sombra emanaban extraños sonidos que se asemejaban a voces, pero cuyas palabras eran indescifrables por seguir un ritmo y frecuencia alterado, era como la voz que tendría el vacío del universo si pudiera hablar.

La sombra se tambaleaba como un relámpago. La sombra se alzó por encima de las copas de los árboles y dio forma a un ser imposible de comparar con ningún ser vivo: con un pelaje oscuro como la noche, brazos fornidos, dedos con poca solidez, pero con una fuerza incomparable, pecho firme y tonificado, dos garras en cada pata, con un rostro tan horrible como un mar sin olas o un cielo sin estrellas, con su rígida piel grisácea descubierta, imposible de contener expresión, con un par de ojos redondos como cráteres perfectos. Cientos de voces vociferantes parecían emanar de aquel monstruo que medía veinte metros, era como si sus pensamientos contaminaran el ambiente.

Emanuel estaba tumbado entre la maleza.

Intentó moverse, pero su cuerpo no respondía.

Su mirada estaba fija en el monstruo.

El monstruo acercó sus dedos serpenteantes hacia Emanuel.

Y lo levantó con cuidado.

Lo acercó hacia su rostro.

Emanuel distinguió una voz en el ruido.

Y reconoció aquella mirada que tantas veces había visto, y siempre malinterpretó.

"Kris…", susurró con inocencia.

El monstruo cerró su puño.

Y todos los huesos de Emanuel fueron triturados en un segundo.

74

Verónica charlaba tranquilamente con su amiga Sonia. Se había separado de su novio porque sus amigos lo habían llamado. A ella le parecía bien que ambos tuvieran su espacio, por nada del mundo deseaba que su relación se volviera algo toxico, porque por primera vez en su vida iba en serio, Darío en serio le gustaba. Se conocieron en un campamento que organizó la iglesia el año pasado y desde entonces han sido inseparables.

Verónica le preguntó a Sonia si ella sabía de quien era la fiesta en la que estaban, su amiga soltó una carcajada y le dijo: "Disfruta del ponche gratis y el pastel, hombre". Verónica odiaba esa manera de hablar que muchos usaban, le resultaba estúpido que alguien dijera "hombre" para referirse a cualquiera, aunque estuviera hablando con una mujer. Aun así, supo mantener las formas y ahogó una dulce risita entre sus manos.

Quizá Sonia tiene razón, pensó. Realmente no importaba de quien era la fiesta, lo relevante era que la habían tenido en cuenta. Y aunque no dejaba de ser una manera extraña de organizar una fiesta, le resultó divertida la idea, tenía su gracia a fin cuentas.

Al cabo de unos minutos las voces de todos se paralizaron al percibir un ruido en la lejanía. Después de un rato el ruido se percibió como voces, produciendo en todos miedo y angustia, pues nadie nunca antes había experimentado algo similar. Jamás había escuchado las voces de los árboles. Verónica creyó haber escuchado algo medianamente articulado, parecido a un: "Te odio, te odio muchísimo".

Algo cayó del cielo.

Todos hicieron un círculo alrededor del accidente.

Murmuraban, se dirigían miradas nerviosas los unos a los otros, de pronto, nadie tenía idea de nada. El grito de un chico hizo que todos reaccionaran. El chico que había llamado a Darío corrió hacia los árboles. Verónica entendió al instante. Lo que había caído del cielo, cayó sobre su novio. El pecho le pesó tanto como si su corazón hubiera sido reemplazado por una enorme piedra. Sonia le sujetó una mano y le pidió que se fueran. Pero Verónica estaba paralizada. Y antes de que se lo preguntara, alguien gritó "¡Están muertos!" En su pecho no había una sino dos enormes piedras, y al no poder sostener tal peso cayó de rodillas, con los ojos nadando en lágrimas. Su amiga intentó arrastrarla hacia los árboles, pero era inútil.

"Perdóname, Vero, ¡me voy a ir sin ti!".

El ruido.

Ese maldito ruido le taladraba la mente.

Ese maldito ruido trataba de meterse en su mente.

Ella se llevó las manos a las orejas para evitarlo, pero era inútil.

Un sismo los agitó a todos.

Se produjo un ruido tan escandaloso como si un avión hubiera caído del cielo.

Nubes espesas de tierra y polvo se levantaron por encima de los árboles.

El ruido venía desde el camino que había tomado Sonia.

Todos gritaban y corrían en todas direcciones.

Verónica escuchó gritar a su amiga.

La tierra vibraba.

Sonia estaba a unos metros de Verónica, cuando cayó al suelo.

La cortina de polvo se aplacó un poco, y Verónica pudo observar que en la pierna de su amiga se enrollaba algo que parecía una serpiente negra. En la débil nube de polvo se dibujó una sombra que pasados unos segundos terminó por definirse.

Era un ser gigantesco. Estaba curvado.

El monstruo tenía entre sus dedos a Sonia.

Y la levantó como si fuera un trofeo.

Y la lanzó por los aires mientras el grito de ella desaparecía en la lejanía.

Verónica se levantó y corrió como si no hubiera mañana.

75

Eleazar caminaba encorvado, con su mejor amiga en la espalda.

Habían logrado escapar del monstruo, apenas...

Brianda se desmayó al ver como sus amigos eran aplastados por las patas del enorme engendro sombrío. Eleazar se las arregló para escapar de la masacre con su mejor amiga, sin embargo, mientras efectuaba su huida, resbaló y se golpeó la frente con una roca. A Brianda no le pasó nada, o eso quería creer, pero a él le sangraba la frente de tal manera que no pudo ver con su ojo derecho durante un buen rato. La herida le punzaba, pero su instinto protector hizo que su preocupación se enfocara en Brianda.

Las vibraciones de la tierra eran constantes, lo que significaba el monstruo se acercaba a gran velocidad. No necesariamente a ellos, pero la idea de su proximidad hacía que a Eleazar se le encogieran los huevos de un modo doloroso y dificultaba su marcha.

Sin embargo, Eleazar había estado mil veces en ese bosque y tuvo una idea a la que se aferró desde que se echó encima a su amiga: esconderse en una profunda cueva que había descubierto junto a sus amigos tres meses atrás.

"Ya estoy cerca", se repetía a sí mismo para intentar bloquear el molesto ruido.

Cuando llegó a la cueva se sintió la persona más feliz del

mundo. Entró hasta el fondo, y acomodó a Brianda en una piedra inclinada. Eleazar interpretó las vibraciones del suelo, percibiendo al monstruo alejándose. Él suspiró de alivio al tiempo que acarició el cabello de su amiga. Le prometió que no la abandonaría y pronto saldrían de ese infierno. De un momento a otro la cueva se oscureció totalmente. Eleazar giró su mirada hacia la entrada y no había nada salvo oscuridad, lo cual le pareció absurdo, hasta que el monstruo movió su rostro hacia atrás, dejando entrar así un poco de luz.

Los ojos espectrales del monstruo se encendieron y expulsó fuego hacia la cueva.

76

El corazón de Pedro saltaba dentro de su pecho.

Corría sin ver en dónde ponía los pies.

Todo lo que pasaba frente a sus ojos le parecían sombras enemigas.

El ruido era tan profundo que lo sentía dentro de su cabeza. Era como un inmenso mar agitándose en las costas de su cordura.

Y de pronto, una voz lo llamó.

Una voz tan cansada como un día lluvioso. Una voz marchita y solitaria.

La voz de la tristeza.

La voz de Kris.

—¡Ayúdame, por favor, ayúdame, Pedro! —Kris estaba sosteniendo el borde de un agujero, a punto de perder las fuerzas y caer en la inmensidad de aquella trampa.

Pedro no atendió a su llamado.

Seguía su camino hacia la nada.

Y volvió a escuchar a Kris.

Pensó que había dado la vuelta, pero al reparar en él, se dio cuenta que no estaba en un hoyo, sino, clavado en el tronco de un árbol con una estaca atravesándole el pecho.

—¡Me duele, Pedro, me duele muchísimo! ¡Ayúdame a bajar, te lo ruego, Pedro!

Las olas del mar que habitaban en la mente de Pedro se levantaron y bailaron como espirales.

Pedro giró en otra dirección.

Recuerdos de extraños antaños flotaron en su mente como lágrimas de burbujas.

Y explotaron, todas explotaron porque el viento era áspero y moribundo.

La voz de Kris navegó entre el ruido.

Pedro pasó a un costado de él y lo vio durante un segundo.

E intentó comprender la imagen que se quedó guardada en su mente.

Kris.

Otra vez él.

¿Estaba en una cama?

Una cama en medio del bosque...

En una cama, con un aparato respiratorio a un costado.

Idéntico al que tenía su fallecido hermano.

Las olas espumosas dejaron de obedecer a las leyes de la gravedad, pues se elevaron hasta que no hubo distinción entre el cielo y el mar.

Y a donde fuera, la silueta de Kris se asomaba entre los árboles. Todo el ruido se transformó en múltiples alaridos con voces del pasado.

"¡Ayúdanos, Pedro! ¡Te necesitamos! ¡POR QUÉ NO VIENES A NOSOTROS! ¡ESTA VERDAD ES TAN NUESTRA COMO TUYA! ¡FUE TU CULPA, POR ESO TIENES QUE AYUDARNOS! ¿NO ESTABAMOS JUNTOS EN ESTO? ¡AYUDANOS, PEDRO! ¡NO PODEMOS RESPIRAR, PEDRO! ¡LA CULPA, PEDRO, DUELE MUCHISIMO! ¿NO TE DUELE A TI? ¡NO LO SOPORTAMOS, PEDRO! ¡AYUDANOS A CARGAR CON ESTO! ¡DEJA DE NADAR Y AHÓGATE CON NOSOTROS!"

Sus piernas no pudieron más.

Pedro se detuvo al advertir que una sombra se precipitaba él.

Y elevó su mirada hacia el cielo.

"Kris".

"To".

"Pher".

Suspiró al tiempo que su corazón se detuvo.

77

Denilson trepó un árbol y observó cómo eran aplastados un grupo jóvenes que estaban a unos siete metros distancia. El ruido era intenso. El monstruo no lo vio.

Su rostro estaba hirviendo y sus manos temblaban por el frío. Tenía el corazón en la garganta, pero también una eufórica alegría le bailaba en toda la espalda, ya que se había salvado de la muerte.

Denilson bajó del árbol y corrió en la dirección contraria al monstruo. Aun así, cargaba su mirada sobre sus hombros pues no dejaba de ver hacia atrás.

Una explosión de luz lo cegó durante unos segundos. Cayó de espaldas y estuvo a punto de perder los sentidos.

Denilson había chocado con algo.

No. Con alguien.

Denilson aclaró su vista y observó al otro con detenimiento.

Se estremeció al reconocer a su amigo. Hacía años que no lo veía.

—¿Kris? —inquirió, preso de la duda.

—Denilson —respondió el otro, con timidez.

—Kris... tenemos que ser rápidos —dijo Denilson al tiempo que se puso de pie y le tendió una mano a su amigo—, ¿Ya lo viste...? ¿Ya viste al...?

—Sí —respondió el otro de manera tajante—, tenemos que irnos por allá —apuntó con su índice hacia la dirección por la que venía Denilson.

—¡No! Yo lo vi de aquel lado.

—Yo lo vi de dónde vengo. Estás corriendo hacia él.

—No puede ser —Denilson se llevó las manos a la cara—. Esto... todo esto es tan raro ¡No puede ser real! Esto es una pesadilla. Debo estar dormido. Sí...

—Pero lo es, Denilson, todo es real —afirmó Kris con un tono esperanzador.

—No, Kris, es imposible. ¡Los monstruos no existen!

—No es que no existan, es que la mayoría del tiempo no podemos verlos. Y para cuando lo hacemos, ya es muy tarde.

—¡Eso no tiene sentido!

—Aquí tengo algo para aliviar tu angustia —Kris metió su mano derecha en su bolsillo y sacó algo que rápidamente introdujo a fuerzas en la boca de Denilson.

Denilson cayó de espaldas. Escupió lo que le fue introducido. Saboreó algo azucarado entre sus labios. Era un pastelillo.

—¡Feliz cumpleaños, Denilson! —vociferó Kris—. ¿Creías que iba a olvidar una fecha tan especial? ¡Jamás, Denilson, jamás! ¡Estoy aquí solo por ti!

—¡Hoy no es mi cumpleaños, degenerado!

—Lo es... es tu cumpleaños —la mirada de Kris resplandeció—, y más vale que lo celebremos ahora porque la vida es demasiado corta.

—De qué mierda estás hablando...

—Cuando todos se reúnen y aplauden... unos... unos olvidan la canción y solo mueven los labios. Otros cantan rápido para poder comerse tu comida tranquilamente. Eso... ¿Lo habías notado? A nadie le importa celebrar nada. Todos piensan solo en su turno, en el beneficio que te pueden sacar. Por eso, amigo, te doy un pedazo de pastel y espero que correspondas con el orden natural de las cosas y me des lo que es mío.

—¡Esto es lo que tengo para ti! —Denilson derribó a Kris

con un solo golpe en el rostro. Y se sentó en su pecho para seguir golpeándolo.

"Yo".

"No".

"Te".

"Debo".

"Nada".

Cada palabra iba acompañada con un puñetazo.

—Denilson... —murmuró Kris al tiempo que esbozó una conmovedora sonrisa manchada de sangre—. La vez que te ibas a escapar de tu casa... esa noche te llevé un pastelillo para que no estuvieras triste... ¿recuerdas, Denilson? No podía dejar que te fueras, Denilson, porque eres especial. Muy especial. Eres... eres como los animales que cazaba junto a mi padre, Denilson. Ellos me entregaron sus almas y en esos días comprendí muchas cosas sobre la vida... Todo... todo... todo es mío... todo es mío si tengo la fuerza para tomarlo... y tu alma, Denilson, tu alma es mía.

Una sombra se ciñó sobre los jóvenes.

—Feliz cumpleaños, Denilson.

Antes de que Denilson levantase la vista, su cuerpo ya había sido aplastado por un enorme puño sombrío.

78

Alejandro desconocía la parte del bosque en la que se encontraba.

Se había alejado tanto, que el ruido se había vuelto un leve susurro meciéndose en brisas tranquilas.

Estaba sentado sobre la tapa de madera de un pozo. Se preguntó quién diablos pondría un pozo en medio del bosque, para qué serviría. Pero esas dudas desaparecieron tan rápido como la arena entre los dedos. Al cabo, un demonio lo perseguía y era un tema más relevante para sus sentidos.

Escuchó el graznido de unos cuervos cerca de él. Volvió la vista hacia estos.

Un suspiro helado se deslizó entre sus labios.

El cuerpo sin vida de un hombre se mecía en una cuerda.

Tragó saliva con dificultad al tiempo que aclaró su vista.

Porque había algo en aquel hombre.

Algo familiar.

Vestía un uniforme. Un uniforme. Y una gorrita ridícula, como las que usan los guardias de seguridad.

Y cayó en cuenta de la posibilidad.

Vio sus propias manos.

Estaban manchadas con sangre.

—Si no lo hacíamos, te habrías metido en un gran problema, Alejandro —dijo una voz detrás de él, tan calmada como el paso de las nubes—. Era él o nosotros.

—Kris —murmuró Alejandro, sin volver la vista hacia su amigo—. Siempre me lo había preguntado. Incluso, soñaba con esa noche… nada parecía real.

—¡Pero es real, Canche! Todo es real —dijo alguien que se había asomado a la vista de Alejandro, alguien que no era Kris, sino…

—¿Denilson?

—Sí, amigo, aquí estoy —Denilson sonrió. Llevaba entre las manos un pastelillo con una vela con llama inagotable.

—Pero… pero escuché la voz de Kri…

—Todos estamos aquí, Canche —interrumpió Pedro. Llevaba puesto un respirador con un tuvo que no estaba conectado a nada.

—¿Por qué traes puesto eso?

—Todos llevamos nuestra cruz en la espalda, amigo —Emanuel se arrastraba como un gusano. Se puso de pie tal como lo haría una serpiente al erguirse.

—¡Qué mierda es todo esto!

—Es nuestra realidad, Canche —David lo sorprendió. Tenía tres agujeros en la frente.

Los jovenes rodeaban a Alejandro. Este se paró en la tapa

del pozo y osciló su mirada hacia cada uno.

–Hay cosas que solo se pueden ver con los ojos del corazón, amigo –Kris salió de entre los árboles.

–¡Tú hiciste esto! ¡Maldito monstruo!

–Yo… creo que ya no puedo echarle la culpa a Rafael.

–¿Por qué? ¡No te hicimos nada, Kris! ¡Por qué hiciste esto!

–Durante mucho tiempo busqué mi corazón.

Sí. Mi corazón.

Busqué bajo los horizontes.

Busqué bajo los mares.

E incluso le pregunté a las estrellas si lo habían visto.

Corrí detrás de esa idea.

Tan lejos me fui, que mi mente terminó fragmentándose.

Y hubo pedazos de mí regados por todas partes.

Voces que hablaban en mi nombre, con la propiedad del dolor.

¿Puedes imaginarlo?

Nada tenía orden en mi vida.

Nada parecía real.

Pensé que estos pedazos algo insinuaban.

Pero no.

Todas las sendas que transité me llevaron hacia el mismo camino.

¡YO LO INTENTÉ!

¿ENTIENDES?

¡LO INTENTÉ Y NO ENCONTRÉ NADA!

Fue como viajar en una nave hacia el espacio para explorarlo.

Y descubrir que el universo estaba completamente vacío.

¡Cubierto nada más por una oscuridad tan infinita y definitiva como el agujero que hay en mi pecho, donde se supone, debería estar mi corazón!

Madre (¡NO PUEDO SENTIRTE!).

Hermano (¿O HERMANA?).

Madre (¿ME AMASTE?).

Hermano (¡SOÑABAS CON ABANDONARME!).

Madre (¡SANGRE! ¡VI TU SANGRE!).

Hermano (¿POR QUÉ LO HICISTE?).

Madre... (Heredé tu misticismo).

Hermano... (Tu sonrisa me inspiraba).

Madre... (Desearía que todo fuera diferente).

Hermano... (Todos los días abrazo tu recuerdo).

No era la mejor familia del mundo.

Estábamos rotos y locos.

Pero era lo que tenía.

Y cuando fui consciente de su ausencia, como despertando de un sueño, un débil sentimiento de soledad recorrió mi piel.

Todo fue mi culpa.

Y solo quería estar muerto.

Morir. Que todo fuera silencio. Abrazar mi inexistencia, explorar lo que hay fuera del universo. Sumergirme en ideas etéreas sobre el infinito y desaparecer, olvidado entre los mares. Saber que no perduro porque mi cuerpo es como un suspiro. Saber que no conoceré nuevos amaneceres y la luna no verá nunca más mis reflejos.

Morir.

No me dejaron morir.

Entonces, amigos míos.

Mueran conmigo.

La tapa del pozo en la que Alejandro estaba parado se tambaleó.

Una enorme mano sombría destrozó la tapa desde dentro, arrastrando a Alejandro hacia la oscuridad.

79

Verónica corría entre los árboles mientras escuchaba gritos por doquier. Caía al suelo cada vez que el monstruo aterrizaba, pues no dejaba de saltar por todas partes. El ruido, el maldito ruido estaba en su cabeza.

"Vero...", escuchó una voz apagada. Al girar su mirada observó de quien venía. Era Douglas.

—Hola, Vero —dijo al tiempo que levantó la cabeza y una estúpida sonrisa se dibujó en su rostro.

La pierna derecha de Douglas estaba atorada bajo el tronco de un árbol que cayó cuando el monstruo lo empujó mientras cazaba a sus presas. La pierna de Douglas estaba morada e hinchada. Él sabía que no tenía ninguna esperanza y aun así le pidió ayuda a Verónica. Ella hizo lo que pudo, que no fue mucho, por no decir nada. Lloraron y se abrazaron. Douglas tocaba la batería para la banda de la iglesia y Verónica lo consideraba un joven sumamente atento y educado. Verlo en aquel estado rompía los pocos pedazos que le quedaban de corazón.

El monstruo cayó cerca de ellos, levantando así una nube de tierra que cegó a Verónica y la hizo toser. Verónica se incorporó débilmente mientras la tierra se disipaba del aire. Observó como el tronco en el que se había atorado Douglas se había movido hacia el pecho del joven, aplastándolo. Ella gritó por la impotencia y golpeó al tronco.

El monstruo estaba a un lado, sentado, observándola.

Verónica le gritó, para hacerle saber que su ruido también era poderoso.

El monstruo respetó su actitud, por lo que decidió darle un final distinto que el de los demás.

La tomó entre sus dedos y la sostuvo por encima de su cabeza. Inclinó su rostro hacia el cielo y abrió su hocico de lado a lado. El sol reflejó destellos de luz en las hileras de dientes del monstruo. Verónica imploró por su vida.

El monstruo la dejo caer en su hocico. No la trituró con sus dientes, pues quería que viviera todo lo pudiera. Cerró su hocico y Verónica nunca volvió a ver la luz.

El monstruo se levantó y se preparó para dar un salto más.

El más alto de todos.

Y una vez en las alturas, giró su cuerpo tan rápido como pudo. Formó un tornado alrededor de sí mismo, y exhaló fuego por los ojos. La fuerza de su giro lo mantuvo suspendido en el aire mientras el tornado se acrecentaba. Las nubes se unieron a su masa. El tornado de fuego tocó el suelo y rápidamente se expandió en todo el bosque.

EPÍLOGO: IMAGINARIA

80

Cuando Kris recobró la consciencia, se encontró en medio de nubes de humo espectral. Las hojas de los árboles crepitaban, llameantes y locas. El bosque ardía. Logró entrar en un espacio despejado. Miró hacia el cielo y pudo escuchar las palpitaciones de las estrellas. No tenía recuerdo alguno. Se tocó la cabeza porque sentía que algo le incomodaba. Era un sombrero tan negro como la noche, se lo quitó, y mientras lo observaba, el miedo que sintió hizo que su corazón se detuviese durante cinco segundos, cinco largos segundos en los que se desató un río de gritos fantasmales que inundaron su mente, y antes de perder la poca humanidad que le quedaba, resolvió lanzar el sombrero hacia el fuego. Una honda amargura se clavó en su corazón y lloró, perdido y ciego. El fin del mundo ocurrió mientras él caminaba entre las ruinas de un sueño. Dios castigó al hombre con fuego como alguna vez lo había hecho con un diluvio. Las llamas creaban una luz esplendorosa de odio puro. Kris acarició la triste idea de ser el último ser sobre la faz de la tierra.

–No todo está perdido –dijo una voz familiar.

Cuando Kris se secó las lágrimas, contempló la figura de su mejor amiga.

–Alma… ¿Qué haces aquí? –inquirió con incredulidad.

–Vine para sacarte de este lugar, Kris –Alma le extendió la mano a Kris. Su sonrisa estaba bañada con los colores llameantes que los rodeaban–, Imaginaria por fin se ha restaurado. Ganamos, Kris. Quiero que me acompañes. Y que seamos felices juntos.

–Imaginaria… –repitió al tiempo que ella lo tomó de la mano.

–Sí, Kris –Alma le ayudó a ponerse de pie–. Este mundo ha sido destruido y ya no tiene esperanza. Pero puedes huir del dolor junto a mí. Lo mereces, Kris, eres el niño más bueno que conozco.

Kris cerró los ojos durante un momento y luego los abrió lentamente. Allí seguía el rostro radiante de Alma.

–¿En serio piensas que soy bueno?

–¡Claro que sí! ¿Tú no lo crees?

–No estoy seguro.

–Sabes… antes de conocernos, cuando aún te observaba desde la oscuridad, me sentía muy sola, y no quería acercarme a ti porque pensaba que en cualquier momento ibas a abandonarme. Pero cuando nos hicimos amigos siempre tenías tiempo para mí, y me escuchabas a todas horas. Y es porque eres increíble –Alma acarició la mejilla de su amigo al advertir que volvería a llorar. La calidez de su tacto lo relajó–. Has vivido con el corazón roto durante años y por eso mereces ser feliz. Ambos lo merecemos.

El fuego se aproximaba sobre la maleza y pronto alcanzaría a Kris.

–Alma…

–Eres mi niño. Mi persona favorita. Y puedes estar seguro de que siempre te voy a amar –Alma abrazó a Kris.

–Tu pelo huele a fresa.

–Y el tuyo a limón.

–No es cierto –dijo entre risas.

Reía mientras el mundo colapsaba y su mirada se perdía entre las estrellas y los pedazos de su rota imaginación. Las llamas lo abrazaron y por primera vez en su vida, Kristopher no sintió ningún dolor.

Made in the USA
Las Vegas, NV
06 December 2024

13512874R00122